Alice's Adventures in Wonderland
Alicia en el País de las Maravillas

LEWIS CARROLL

Alice's Adventures in Wonderland

Alicia en el País de las Maravillas

Texto paralelo bilingüe
Bilingual edition

Inglés - Español
English - Spanish

texto en español, traducido del inglés por Javier Alejandro Clavijo Pachón

con ilustraciones originales de John Tenniel

ROSETTA EDU

Título original: *Alice's Adventures in Wonderland*

Primera publicación: 1865

Ilustraciones de tapa: John Tenniel, 1866

Primera edición: Julio 2024

Publicado por Rosetta Edu
Londres, Julio 2024
www.rosettaedu.com

ISBN: 978-1-83647-030-4

Páginas enfrentadas

Páginas enfrentadas de la traducción y texto original en libros impresos.

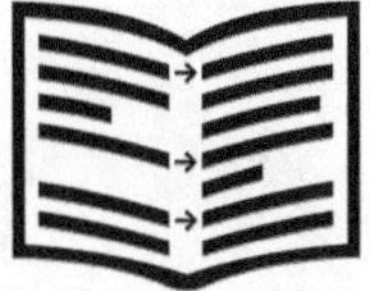

Párrafos alineados en libros impresos

En libros impresos, los párrafos alineados entre los dos idiomas facilitan la comparación y la comprensión, ahorrando la necesidad de referirse constantemente al diccionario.

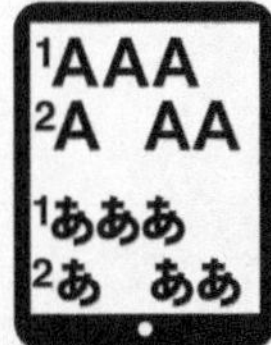

Párrafos enlazados en libros electrónicos

En libros electrónicos la comparación y la comprensión son facilitadas por citas al pie colocadas al principio de cada párrafo enlazando el texto en el idioma original y su traducción.

Integridad y fidelidad

Traducciones íntegras, fieles y no abreviadas del texto original.

Cuidado del vocabulario

Traducciones especiales para ediciones bilingües, con especial cuidado por la hegemonía de vocabulario utilizando glosarios en el proceso de traducción.

Contexto educativo

Ediciones enfocadas a estudiantes intermedios y avanzados del idioma original del texto en libros coleccionables y aptos para el contexto educativo.

All in the golden afternoon
    Full leisurely we glide;
For both our oars, with little skill,
    By little arms are plied,
While little hands make vain pretence
    Our wanderings to guide.

Ah, cruel Three! In such an hour.
    Beneath such dreamy weather.
To beg a tale of breath too weak
    To stir the tiniest feather!
Yet what can one poor voice avail
    Against three tongues together?

Imperious Prima flashes forth
    Her edict "to begin it"—
In gentler tone Secunda hopes
    "There will be nonsense in it!"—
While Tertia interrupts the tale
    Not *more* than once a minute.

Anon, to sudden silence won,
    In fancy they pursue
The dream-child moving through a land
    Of wonders wild and new,
In friendly chat with bird or beast—
    And half believe it true.

And ever, as the story drained
    The wells of fancy dry,
And faintly strove that weary one
    To put the subject by,
"The rest next time—" "It *is* next time!"
    The happy voices cry.

Todo en la tarde dorada
    se desliza a toda velocidad;
nuestros dos remos, con poca habilidad,
    gracias a bracitos se pliegan,
mientras las manitos hacen vanas pretensiones
    de guiar nuestras andanzas.

¡Ah, Tres crueles! A tal hora,
    bajo un clima de ensueño.
¡Para mendigar un cuento de aliento demasiado débil,
    para agitar la pluma más diminuta!
Sin embargo, ¿de qué puede servir una pobre voz
    contra tres lenguas juntas?

Imperiosa Prima destella
    su edicto: «para comenzar...»,
en un tono más suave, Secunda espera:
    «¡habrá tonterías en esto...!»,
mientras Tertia interrumpe el relato
    no *más* de una vez por minuto.

Pronto, al silencio repentino vencieron,
    en fantasía persiguen
al niño-sueño moviéndose por una tierra
    de maravillas salvajes y nuevas,
en amistosa charla con pájaro o bestia...
    y la mitad cree que es verdad.

Y siempre, a medida que la historia se agotaba
    los pozos de la fantasía se secan,
y débilmente se esforzó aquel cansado
    para posponer el tema diciendo:
«el resto la próxima vez...». «*¡Será la* próxima vez!»,
    gritan las voces alegres.

Thus grew the tale of Wonderland:
    Thus slowly, one by one,
Its quaint events were hammered out—
    And now the tale is done,
And home we steer, a merry crew,
    Beneath the setting' sun.

Alice! a childish story take,
    And with a gentle hand
Lay it where Childhood's dreams are twined
    In Memory's mystic band,
Like pilgrim's wither'd wreath of flowers
    Pluck'd in a far-off land.

Así surgió el cuento del País de las Maravillas…
	así, lentamente, uno a uno,
sus pintorescos acontecimientos fueron martilleados…
	y ahora el cuento ha terminado,
y hacia casa navegamos, una tripulación feliz,
	bajo el sol poniente.

¡Alicia! Un cuento infantil toma,
	y con mano suave
colócalo donde los sueños de la infancia se entrelazan
	en la banda mística de la memoria,
como la marchita corona de flores de un peregrino
	arrancada en una tierra lejana.

Alice was beginning to get very tired of sitting by her sister on the bank, and of having nothing to do: once or twice she had peeped into the book her sister was reading, but it had no pictures or conversations in it, "and what is the use of a book," thought Alice, "without pictures or conversations?"

Alicia empezaba a sentirse muy cansada de estar sentada junto a su hermana y de no tener nada que hacer... en una o dos ocasiones se había asomado al libro que leía su hermana pero no tenía dibujos ni conversaciones. «¿Y para qué sirve un libro», pensó Alicia, «sin dibujos ni conversaciones?».

So she was considering in her own mind, (as well as she could, for the hot day made her feel very sleepy and stupid,) whether the pleasure of making a daisy-chain would be worth the trouble of getting up and picking the daisies, when suddenly a white rabbit with pink eyes ran close by her.

There was nothing so *very* remarkable in that; nor did Alice think it so *very* much out of the way to hear the Rabbit say to itself, "Oh dear! Oh dear! I shall be too late!" (when she thought it over afterwards, it occurred to her that she ought to have wondered at this, but at the time it all seemed quite natural;) but when the Rabbit actually *took a watch out of its waistcoat-pocket*, and looked at it, and then hurried on, Alice started to her feet, for it flashed across her mind that she had never before seen a rabbit with either a waistcoatpocket, or a watch to take out of it, and, burning with curiosity, she ran across the field after it, and was just in time to see it pop down a large rabbit-hole under the hedge.

In another moment down went Alice after it, never once considering how in the world she was to get out again.

The rabbit-hole went straight on like a tunnel for some way, and then dipped suddenly down, so suddenly that Alice had not a moment to think about stopping herself before she found herself falling down what seemed to be a very deep well.

Either the well was very deep, or she fell very slowly, for she had plenty of time as she went down to look about her, and to wonder what was going to happen next. First, she tried to look down and make out what she was coming to, but it was too dark to see anything: then she looked at the sides of the well, and noticed that they were filled with cupboards and book-shelves: here and there she saw maps and pictures hung upon pegs. She took down a jar from one of the shelves as she passed; it was labelled "ORANGE MARMALADE," but to her great disappointment it was empty: she did not like to drop the jar for fear of killing somebody underneath, so managed to put it into one of the cupboards as she fell past it.

"Well!" thought Alice to herself, "after such a fall as this, I shall think nothing of tumbling down stairs! How brave they'll all think me

Así que mentalmente estaba considerando (tan bien como podía, pues el caluroso día la hacía sentir somnolienta y tonta) si el placer de hacer una cadena de margaritas valía la pena de tener que levantarse y recogerlas, cuando de repente un conejo blanco de ojos rosados corrió cerca de ella.

No había nada *muy* extraño en ello; a Alicia no le pareció *muy* raro oír al Conejo decir: «¡Oh, Dios! ¡Oh, cielos! ¡Llegaré demasiado tarde!» (cuando ella lo pensó más tarde, pensó que debería haberse sorprendido, pero en aquel momento todo le pareció muy normal); sin embargo cuando el conejo *sacó un reloj del bolsillo de su chaleco*, lo miró y se apresuró a seguir su camino, Alicia se puso en pie, pues le vino a la mente que nunca antes había visto un conejo con un bolsillo en el chaleco ni con un reloj, y, muerta de curiosidad, corrió a través del campo detrás de él y llegó justo a tiempo para verlo entrar a una gran madriguera bajo el seto.

Alicia se fue tras él, sin plantearse, ni por un momento, cómo rayos iba a salir de nuevo.

La madriguera del conejo era recta como un túnel y luego se inclinaba bruscamente hacia abajo, tan de repente que Alicia no tuvo ni un momento para pensar en detenerse antes de encontrarse cayendo por lo que parecía ser un pozo muy profundo.

O el pozo era muy profundo o ella cayó muy despacio, porque tuvo mucho tiempo mientras descendía para mirar a su alrededor y preguntarse qué iba a pasar a continuación. Primero, intentó mirar hacia abajo y distinguir lo que se acercaba, pero estaba tan oscuro que no pudo ver nada... luego miró a los lados y se dio cuenta que estaba lleno de armarios y estanterías... aquí y allá vio mapas y cuadros colgados de pinzas. Ella tomó un tarro de uno de los estantes; llevaba una etiqueta que decía «MERMELADA DE NARANJA», pero para su gran decepción estaba vacío... no quiso dejar caer el tarro por miedo de lastimar a alguien, así que se las arregló para meterlo en uno de los armarios mientras caía.

«¡Bueno!», pensó Alicia, «después de una caída como ésta, ¡no me preocuparé de caer por las escaleras! ¡Qué valiente me creerán todos

at home! Why, I wouldn't say anything about it, even if I fell off the top of the house!" (Which was very likely true.)

Down, down, down. Would the fall *never* come to an end! "I wonder how many miles I've fallen by this time'?" she said aloud. "I must be getting somewhere near the centre of the earth. Let me see: that would be four thousand miles down, I think—" (for, you see, Alice had learnt several things of this sort in her lessons in the schoolroom, and though this was not a *very* good opportunity for showing off her knowledge, as there was no one to listen to her, still it was good practice to say it over) "—yes, that's about the right distance—but then I wonder what Latitude or Longitude I've got to?" (Alice had not the slightest idea what Latitude was, or Longitude either, but she thought they were nice grand words to say.)

Presently she began again. "I wonder if I shall fall right *through* the earth! How funny it'll seem to come out among the people that walk with their heads downwards! The Antipathies, I think—" (she was rather glad there *was* no one listening, this time, as it didn't sound at all the right word) "—but I shall have to ask them what the name of the country is, you know. Please, Ma'am, is this New Zealand or Australia?" (and she tried to curtsey as she spoke—fancy *curtseying* as you're falling through the air! Do you think you could manage it?) "And what an ignorant little girl she'll think me for asking! No, it'll never do to ask: perhaps I shall see it written up somewhere."

Down, down, down. There was nothing else to do, so Alice soon began talking again. "Dinah'll miss me very much tonight, I should think!" (Dinah was the cat.) "I hope they'll remember her saucer of milk at tea-time. Dinah, my dear! I wish you were down here with me! There are no mice in the air, I'm afraid, but you might catch a bat, and that's very like a mouse, you know. But do cats eat bats, I wonder?" And here Alice began to get rather sleepy, and went on saying to herself, in a dreamy sort of way, "Do cats eat bats? Do cats eat bats?" and sometimes, "Do bats eat cats?" for, you see, as she couldn't answer either question, it didn't much matter which way she put it. She felt that she was dozing off, and had just begun to dream that she was walking hand in hand with Dinah, and was saying to her very earnestly, "Now, Dinah, tell me the truth: did you ever eat a bat?" when suddenly, thump! thump! down she came upon a heap of sticks and

en casa! ¡Vaya, no diré nada aunque me caiga desde lo más alto de la casa!». (Lo cual era probablemente cierto).

Abajo, abajo, muy abajo. ¡Ojalá la caída *nunca* llegara a su fin! «Me pregunto cuántas millas habré caído hasta ahora», dijo en voz alta. «Debo estar acercándome al centro de la tierra. Veamos... serían cuatro mil millas de caída, creo...» (pues, como ven, Alicia había aprendido varias cosas de este tipo en sus clases y aunque ésta no era una *muy* buena oportunidad para demostrar sus conocimientos ya que no había nadie que la escuchara, era una buena práctica hacerlo) «...sí, ésa es más o menos la distancia correcta... pero entonces, me pregunto ¿a qué Latitud o Longitud habré llegado?». (Alicia no tenía la menor idea de lo que era la Latitud, ni tampoco la Longitud, pero pensó que eran bellas y grandilocuentes palabras para decir).

Enseguida comenzó de nuevo. «¡Me pregunto si caeré *a través* de la tierra! ¡Qué gracioso será salir entre la gente que camina con la cabeza hacia abajo! Los Antipáticos, creo...» (se alegró bastante de que no *hubiera* nadie escuchándola esta vez, ya que no sonaba en lo absoluto bien) «...pero tendré que preguntarles cómo se llama el país. Por favor, señora, ¿es Nueva Zelanda o Australia?» (e intentó hacer una reverencia mientras hablaba... ¡qué elegante *hacer una reverencia* mientras caes por los aires! ¿Crees que podrías lograrlo?). «¡Y qué niña más ignorante pensará de mí por preguntar! No, nunca lo preguntaré... tal vez lo vea escrito en alguna parte».

Abajo, abajo, muy abajo. Sin nada más que hacer, Alicia pronto empezó a hablar de nuevo. «Creo que Dinah me echará mucho de menos esta noche». (Dinah era la gata). «Espero que se acuerden de darle su plato de leche a la hora del té. ¡Dinah, querida! ¡Ojalá estuvieras aquí abajo conmigo! Me temo que no hay ratones en el aire pero podrías cazar un murciélago, que es muy parecido a un ratón, ¿sabes...? Pero me pregunto si los gatos comen murciélagos». Y aquí Alicia empezó a tener algo de sueño y siguió diciéndose a sí misma, en una especie de ensoñación: «¿Los gatos comen murciélagos? ¿Los gatos comen murciélagos?», y en ocasiones, «¿Los murciélagos comen gatos?», pues, como no podía responder a ninguna de las dos preguntas, no importaba de qué forma se lo planteara. Sentía que se estaba quedando dormida y acababa de empezar a soñar que caminaba de la mano con Dinah y le decía muy seria: «Ahora, Dinah, dime la ver-

dry leaves, and the fall was over.

Alice was not a bit hurt, and she jumped up on to her feet in a moment: she looked up, but it was all dark overhead; before her was another long passage, and the White Rabbit was still in sight, hurrying down it. There was not a moment to be lost: away went Alice like the wind, and was just in time to hear it say, as it turned a corner, "Oh my ears and whiskers, how late it's getting!" She was close behind it when she turned the corner, but the Rabbit was no longer to be seen: she found herself in a long, low hall, which was lit up by a row of lamps hanging from the roof.

There were doors all round the hall, but they were all locked; and when Alice had been all the way down one side and up the other, trying every door, she walked sadly down the middle, wondering how she was ever to get out again.

dad: ¿te has comido alguna vez un murciélago?», cuando, de repente, ¡pum! ¡pum! cayó sobre un montón de palos y hojas secas, y la caída había terminado.

Alicia no se hizo el menor daño y se puso en pie de inmediato... miró hacia arriba pero todo estaba oscuro; frente a ella había otro largo pasadizo y el Conejo Blanco seguía a la vista, bajando a toda prisa. No había tiempo que perder... Alicia se alejó como el viento y alcanzo oírle decir al doblar una esquina: «¡Oh, mis orejas y mis bigotes, qué tarde se hace!». Aunque estaba muy cerca de él cuando dobló la esquina, ya no pudo ver al Conejo... ella se encontró en un vestíbulo largo y bajo, que estaba iluminado por una hilera de lámparas que colgaban del techo.

Había puertas por todo el vestíbulo pero todas estaban cerradas con llave. Después que Alicia recorriera todo el pasillo de un lado a otro, probando todas las puertas, caminó tristemente por el centro, preguntándose cómo iba a encontrar la salida.

Suddenly she came upon a little three-legged table, all made of solid glass; there was nothing on it but a tiny golden key, and Alice's first idea was that this might belong to one of the doors of the hall; but, alas! either the locks were too large, or the key was too small, but at any rate it would not open any of them. However, on the second time round, she came upon a low curtain she had not noticed before, and behind it was a little door about fifteen inches high: she tried the little golden key in the lock, and to her great delight it fitted!

Alice opened the door and found that it led into a small passage, not much larger than a rat-hole: she knelt down and looked along the passage into the loveliest garden you ever saw. How she longed to get out of that dark hall, and wander about among those beds of bright flowers and those cool fountains, but she could not even get her head through the doorway; "and even if my head would go through," thought poor Alice, "it would be of very little use without my shoulders. Oh, how I wish I could shut up like a telescope! I think I could, if I only knew how to begin." For, you see, so many out-of-the-way things had happened lately, that Alice had begun to think that very few things indeed were really impossible.

There seemed to be no use in waiting by the little door, so she went back to the table, half hoping she might find another key on it, or at any rate a book of rules for shutting people up like telescopes: this time she found a little bottle on it, ("which certainly was not here before," said Alice,) and tied round the neck of the bottle was a paper label, with the words "DRINK ME," beautifully printed on it in large letters.

It was all very well to say "Drink me," but the wise little Alice was not going to do *that* in a hurry. "No, I'll look first," she said, "and see whether it's marked '*poison*' or not;" for she had read several nice little stories about children who had got burnt, and eaten up by wild beasts and other unpleasant things, all because they *would* not remember the simple rules their friends had taught them: such as, that a red-hot poker will burn you if you hold it too long; and that if you cut your finger *very* deeply with a knife, it usually bleeds; and she had never forgotten that, if you drink much from a bottle marked "poison," it is almost certain to disagree with you, sooner or later.

De pronto se topó con una mesita de tres patas, toda de cristal macizo; no había sobre ella más que una diminuta llave dorada y la primera idea de Alicia fue que podría pertenecer a una de las puertas del vestíbulo; pero, ¡ay! o las cerraduras eran demasiado grandes o la llave demasiado pequeña y no pudo abrir ninguna de ellas. Sin embargo, en su segundo intento, descubrió una cortina baja que no había visto antes, y tras ella había una puertecita de unas quince pulgadas de alto... probó la pequeña llave dorada en la cerradura, ¡y para su gran alegría encajó!

Alicia abrió la puerta y descubrió que daba a un pequeño pasadizo, apenas más grande que una ratonera... se arrodilló y a lo largo pudo ver un jardín tan hermoso como nunca antes había visto. Ansiaba salir de aquel oscuro vestíbulo y pasear entre los parterres de brillantes flores y frescas fuentes pero ni siquiera podía meter la cabeza por la puerta. «Incluso si mi cabeza pudiera pasar», pensó la pobre Alicia, «de muy poco serviría sin mis hombros. Oh, ¡cómo me gustaría poder cerrarme como un telescopio! Creo que podría, si supiera cómo empezar». Últimamente habían sucedido tantas cosas fuera de lo común que Alicia había empezado a pensar que muy pocas cosas eran realmente imposibles.

Parecía inútil esperar junto a la puertecita, así que regresó a la mesa, con algo de esperanza de encontrar en ella otra llave o al menos un manual de reglas para cerrar a la gente como telescopios... esta vez encontró sobre la mesa una botellita («que desde luego no estaba aquí antes», dijo Alicia) con una etiqueta de papel atada a su cuello, con la palabra «BÉBEME», impresa de forma elegante en letras grandes.

Estaba muy bien decir «bébeme» pero la pequeña y sabia Alicia no iba a *hacerlo* a toda prisa. «No, miraré primero», dijo ella, «a ver si dice *"veneno"* o no», porque había leído varias historias muy bonitas sobre niños que se habían quemado y habían sido devorados por bestias salvajes y otras cosas desagradables, todo porque no recordaban las sencillas reglas que sus amigos les habían enseñado... por ejemplo, que un atizador al rojo vivo te quema si lo sostienes demasiado tiempo; y que si te cortas el dedo *muy* profundamente con un cuchillo, suele sangrar; y nunca había olvidado que, si bebes mucho de una botella marcada con la palabra «veneno», es casi seguro que,

However, this bottle was *not* marked "poison," so Alice ventured to taste it, and finding it very nice, (it had, in fact, a sort of mixed flavour of cherry-tart, custard, pine-apple, roast turkey, toffee, and hot buttered toast,) she very soon finished it off.

"What a curious feeling!" said Alice; "I must be shutting up like a telescope."

tarde o temprano, la pasarás mal.

Sin embargo, esta botella *no* estaba marcada como «veneno», así que Alicia decidió aventurarse a probarla y encontrándola muy agradable (tenía, de hecho, una especie de sabor mezclado de tarta de cereza, natillas, piña, pavo asado, toffee y tostadas calientes con mantequilla) muy pronto se la terminó.

«¡Qué sensación tan curiosa!», dijo Alicia; «debo de estar cerrándome como un telescopio».

And so it was indeed: she was now only ten inches high, and her face brightened up at the thought that she was now the right size for going through the little door into that lovely garden. First, however, she waited for a few minutes to see if she was going to shrink any further: she felt a little nervous about this; "for it might end, you know," said Alice to herself, "in my going out altogether, like a candle. I wonder what I should be like then?" And she tried to fancy what the flame of a candle looks like after the candle is blown out, for she could not remember ever having seen such a thing.

After a while, finding that nothing more happened, she decided on going into the garden at once; but, alas for poor Alice! when she got to the door, she found she had forgotten the little golden key, and when she went back to the table for it, she found she could not possibly reach it: she could see it quite plainly through the glass, and she tried her best to climb up one of the legs of the table, but it was too slippery; and when she had tired herself out with trying, the poor little thing sat down and cried.

"Come, there's no use in crying like that!" said Alice to herself, rather sharply; "I advise you to leave off this minute!" She generally gave herself very good advice, (though she very seldom followed it,) and sometimes she scolded herself so severely as to bring tears into her eyes; and once she remembered trying to box her own ears for having cheated herself in a game of croquet she was playing against herself, for this curious child was very fond of pretending to be two people. "But it's no use now," thought poor Alice, "to pretend to be two people! Why, there's hardly enough of me left to make *one* respectable person!"

Soon her eye fell on a little glass box that was lying under the table: she opened it, and found in it a very small cake, on which the words "EAT ME" were beautifully marked in currants. "Well, I'll eat it," said Alice, "and if it makes me grow larger, I can reach the key; and if it makes me grow smaller, I can creep under the door; so either way I'll get into the garden, and I don't care which happens!"

She ate a little bit, and said anxiously to herself, "Which way? which way?" holding her hand on the top of her head to feel which way it was

Y así fue, de hecho... ahora sólo medía diez pulgadas, y su rostro se iluminó al pensar que ahora tenía el tamaño adecuado para pasar por la puertecita que daba a aquel precioso jardín. Sin embargo, primero esperó unos minutos para ver si iba a encogerse más... se sentía un poco nerviosa; «a ver qué más puede pasar», pensó Alicia, «¿será que me voy a apagar como una vela? Me pregunto, ¿cómo sería yo entonces?». Y trató de imaginarse cómo es la llama de una vela después de que ésta se apaga, pues no recordaba haber visto algo semejante.

Después de un rato, al ver que no ocurría nada, decidió salir de inmediato al jardín; pero, ¡ay de la pobre Alicia! cuando llegó a la puerta se dio cuenta de que se había olvidado la llavecita de oro y, cuando volvió a la mesa por ella, se encontró con que le era imposible alcanzarla... podía verla perfectamente a través del cristal e hizo todo lo posible por trepar por una de las patas de la mesa, pero estaba demasiado resbaladiza; y cuando se sintió cansada de intentarlo, la pobrecita se sentó y se echó a llorar.

«¡Vamos, no sirve de nada llorar así!», dijo Alicia, de manera bastante contundente; «¡te aconsejo que pares inmediatamente!». Generalmente se daba a sí misma muy buenos consejos (aunque muy rara vez los seguía) y a veces se reprendía tan severamente que le arrancaba lágrimas; y una vez recordó haber intentado golpearse las orejas por haberse engañado en una partida de croquet que jugaba contra sí misma, pues a esta curiosa niña le gustaba mucho hacerse pasar por dos personas. «¡Pero de nada sirve ahora», pensó la pobre Alicia, «fingir ser dos personas! Vaya, ¡apenas queda de mí lo suficiente para hacer *una* persona respetable!».

Pronto su mirada se posó en una cajita de cristal que había debajo de la mesa... la abrió, y encontró un pastel muy pequeño, sobre el que estaban bellamente marcadas en grosellas la palabra «CÓMEME». «Bueno, me lo comeré», dijo Alicia, «y si me hace más grande, podré alcanzar la llave; y si me hace más pequeña, podré colarme por debajo de la puerta; así que de cualquier manera llegaré al jardín, ¡y no me importa lo que suceda!».

Comió un poco y se dijo ansiosamente: «¿Hacia dónde? ¿Hacia dónde?», llevándose la mano a la cabeza para sentir hacia dónde

growing, and she was quite surprised to find that she remained the same size: to be sure, this is what generally happens when one eats cake, but Alice had got so much into the way of expecting nothing but out-of-the-way things to happen, that it seemed quite dull and stupid for life to go on in the common way.

So she set to work, and very soon finished off the cake.

crecía y se sorprendió bastante al comprobar que seguía teniendo el mismo tamaño... sin duda, esto es lo que ocurre generalmente cuando se come pastel, pero Alicia se había acostumbrado tanto a esperar que sólo ocurrieran cosas fuera de lo común, que le parecía bastante aburrido y tonto que la vida siguiera de la manera común.

Así que puso manos a la obra y muy pronto acabó con el pastel.

"Curiouser and curiouser!" cried Alice (she was so much surprised, that for the moment she quite forgot how to speak good English); "now I'm opening out like the largest telescope that ever was! Goodbye, feet!" (for when she looked down at her feet, they seemed to be almost out of sight, they were getting so far off). "Oh, my poor

«¡Curiosón y curiosón!», gritó Alicia (estaba tan sorprendida, que por un momento se olvidó por completo de cómo hablar bien); «¡ahora me estoy desplegando como el telescopio más grande que jamás haya existido! ¡Adiós, pies!» (porque cuando miraba hacia abajo, sus pies parecían casi perderse de vista, se estaban alejando tanto). «Oh,

little feet, I wonder who will put on your shoes and stockings for you now, dears? I'm sure *I* shan't be able! I shall be a great deal too far off to trouble myself about you: you must manage the best way you can; —but I must be kind to them," thought Alice, "or perhaps they won't walk the way I want to go! Let me see: I'll give them a new pair of boots every Christmas."

And she went on planning to herself how she would manage it. "They must go by the carrier," she thought; "and how funny it'll seem, sending presents to one's own feet! And how odd the directions will look!

> *Alice's Right Foot, Esq.*
> *Hearthrug,*
> *near the Fender,*
> (*with Alice's love.*)

Oh dear, what nonsense I'm talking!"

Just at this moment her head struck against the roof of the hall: in fact she was now rather more than nine feet high, and she at once took up the little golden key and hurried off to the garden door.

Poor Alice! It was as much as she could do, lying down on one side, to look through into the garden with one eye; but to get through was more hopeless than ever: she sat down and began to cry again.

"You ought to be ashamed of yourself," said Alice, "a great girl like you," (she might well say this,) "to go on crying in this way! Stop this moment, I tell you!" But she went on all the same, shedding gallons of tears, until there was a large pool all round her, about four inches deep and reaching half down the hall.

After a time she heard a little pattering of feet in the distance, and she hastily dried her eyes to see what was coming. It was the White Rabbit returning, splendidly dressed, with a pair of white kid gloves in one hand and a large fan in the other: he came trotting along in a great hurry, muttering to himself as he came, "Oh! the Duchess, the

mis pobres piececitos, me pregunto quién le pondrá los zapatos y las medias. Estoy segura de que *yo* no podré. Estaré demasiado lejos para preocuparme por ustedes... deben arreglárselas lo mejor que puedan; «¡pero debo ser amable con ellos», pensó Alicia, «o tal vez no caminen por donde yo quiero! Déjame ver... les regalaré un par de botas nuevas cada Navidad».

Y siguió planeando para sí misma cómo se las arreglaría. «Deben ir por el cartero», pensó; «¡y qué gracioso parecerá, enviar regalos a los pies de una misma! Y ¡qué extrañas parecerán las indicaciones!

El pie derecho de Alicia, Esq.
Felpudo de la Chimenea,
cerca del Guardafuegos,
(con amor, Alicia).

Dios, ¡qué tonterías digo!».

Justo en ese momento, su cabeza golpeó contra el techo del vestíbulo... ahora medía más de nueve pies de altura y enseguida cogió la pequeña llave dorada y se dirigió a toda prisa hacia la puerta del jardín.

¡Pobre Alicia! Era todo lo que podía hacer, tumbada sobre un lado, para mirar a través del jardín con un solo ojo; pasar por ahí era más imposible que nunca... se sentó y empezó a llorar de nuevo.

«¡Debería darte vergüenza», dijo Alicia, «una chica grande como tú» (al menos eso podía decir), «seguir llorando de esta manera! ¡Detente ahora mismo, te digo!». Pero ella siguió igual, derramando galones de lágrimas, hasta que había un gran charco a su alrededor, de unas cuatro pulgadas de profundidad y que llegaba hasta la mitad del pasillo.

Después de un rato, ella oyó un pequeño repiqueteo de pies en la lejanía y se secó apresuradamente los ojos para ver lo que se acercaba. ¡Era el Conejo Blanco que regresaba, espléndidamente vestido, con un par de guantes blancos de cabritilla en una mano y un gran abanico en la otra... venía trotando con gran prisa, murmurando

Duchess! Oh! won't she be savage if I've kept her waiting!" Alice felt so desperate that she was ready to ask help of any one; so, when the Rabbit came near her, she began, in a low, timid voice, "If you please, sir——" The Rabbit started violently, dropped the white kid gloves and the fan, and skurried away into the darkness as hard as he could go.

Alice took up the fan and gloves, and, as the hall was very hot, she kept fanning herself all the time she went on talking: "Dear, dear! How queer everything is to-day! And yesterday things went on just as usual. I wonder if I've been changed in the night? Let me think: was I

mientras se acercaba: «¡Oh! la Duquesa, ¡la Duquesa! ¡Oh! ¡Va a estar molesta por haberla hecho esperar!». Alicia se sentía tan desesperada que estaba dispuesta a pedir ayuda a cualquiera; así que, cuando el Conejo se acercó a ella, empezó, en voz baja y tímida, a decir: «Si eres tan amable, señor...». El Conejo se sobresaltó violentamente, dejó caer los guantes blancos de cabritilla y el abanico y se alejó a toda prisa en la oscuridad.

Alicia recogió el abanico y los guantes y, como en el salón hacía mucho calor, no dejó de abanicarse mientras seguía hablando: «¡Cielos, cielos! ¡Qué raro está todo hoy! Y ayer las cosas seguían como siempre. Me pregunto si habré cambiado durante la noche. Déjame

the same when I got up this morning? I almost think I can remember feeling a little different. But if I'm not the same, the next question is. Who in the world am I? Ah, *that's* the great puzzle!" And she began thinking over all the children she knew, that were of the same age as herself, to see if she could have been changed for any of them.

"I'm sure I'm not Ada," she said, "for her hair goes in such long ringlets, and mine doesn't go in ringlets at all; and I'm sure I can't be Mabel, for I know all sorts of things, and she, oh! she knows such a very little! Besides, *she's* she, and *I'm* I, and—oh dear, how puzzling it all is! I'll try if I know all the things I used to know. Let me see: four times five is twelve, and four times six is thirteen, and four times seven is—oh dear! I shall never get to twenty at that rate! However, the Multiplication Table doesn't signify: let's try Geography. London is the capital of Paris, and Paris is the capital of Rome, and Rome—no, *that's* all wrong, I'm certain! I must have been changed for Mabel! I'll try and say '*How doth the little—*'" and she crossed her hands on her lap as if she were saying lessons, and began to repeat it, but her voice sounded hoarse and strange, and the words did not come the same as they used to do:—

> *"How doth the little crocodile*
> *Improve his shining tail,*
> *And pour the waters of the Nile*
> *On every golden scale!*
>
> *"How cheerfully he seems to grin,*
> *How neatly spreads his claws,*
> *And welcomes little fishes in*
> *With gently smiling jaws!"*

"I'm sure those are not the right words," said poor Alice, and her eyes filled with tears again as she went on, "I must be Mabel after all, and I shall have to go and live in that poky little house, and have next to no toys to play with, and oh! ever so many lessons to learn! No, I've made up my mind about it; if I'm Mabel, I'll stay down here! It'll be no use their putting their heads down and saying, 'Come up again, dear!' I shall only look up and say, 'Who am I then?

pensar... ¿era yo la misma cuando me levanté esta mañana? Casi creo recordar que me sentía un poco diferente. Pero si no soy la misma, la siguiente pregunta es. ¿Quién rayos soy? Ah, *¡ese es* el gran enigma!». Y empezó a pensar en todos los niños que conocía, que tenían la misma edad que ella, para ver si podía haberse cambiado por alguno de ellos.

«Estoy segura de que no soy Ada», dijo, «porque su pelo va en unos tirabuzones tan largos, y el mío no va en tirabuzones en absoluto; y estoy segura de que no puedo ser Mabel, porque yo sé toda clase de cosas y ella, ¡oh! ¡sabe tan poco! Además, *ella es* ella, y *yo soy* yo, y... ¡oh Dios, qué desconcertante es todo! Probaré sí sé todas las cosas que sabía. Veamos... cuatro por cinco son doce, y cuatro por seis son trece, y cuatro por siete son... ¡oh, cielos! ¡A ese ritmo nunca llegaré a veinte! Sin embargo, la tabla de multiplicar no significa nada... probemos con la geografía. Londres es la capital de París, y París es la capital de Roma, y Roma... ¡no, *eso está* todo mal, estoy segura! ¡Me habrán cambiado por Mabel! Intentaré decir: «*¿Cómo mejora el pequeño...?*». Y cruzó las manos sobre el regazo como si estuviera dando lecciones, y empezó a repetirlo, pero su voz sonaba ronca y extraña, y las palabras no le salían igual que antes:

> *«¡Cómo mejora el pequeño cocodrilo*
> *su brillante cola*
> *y vierte las aguas del Nilo*
> *sobre cada escama de oro!*

> *«¡Con qué alegría parece sonreír,*
> *con qué pulcritud extiende sus garras,*
> *y acoge a los pececillos en*
> *sus mandíbulas suavemente sonrientes».*

«Estoy segura de que ésas no son las palabras adecuadas», dijo la pobre Alicia, y sus ojos volvieron a llenarse de lágrimas mientras decía, «después de todo, debo ser Mabel, y tendré que ir a vivir a esa casa cutre, y no tener juguetes con los que jugar y ¡oh! ¡tantas lecciones que aprender! No, ya lo he decidido; ¡si soy Mabel, me quedaré aquí abajo! No servirá de nada que se asomen y me digan: "¡Vuelve arriba, querida!", sólo miraré hacia arriba y diré: "¿Quién soy?"».

Tell me that first, and then, if I like being that person, I'll come up: if not, I'll stay down here till I'm somebody else'—but, oh dear!" cried Alice, with a sudden burst of tears, "I do wish they *would* put their heads down! I am so *very* tired of being all alone here!"

As she said this she looked down at her hands, and was surprised to see that she had put on one of the Rabbit's little white kid gloves while she was talking. "How *can* I have done that?" she thought. "I must be growing small again." She got up and went to the table to measure herself by it, and found that, as nearly as she could guess, she was now about two feet high, and was going on shrinking rapidly: she soon found out that the cause of this was the fan she was holding, and she dropped it hastily, just in time to save herself from shrinking away altogether.

"That *was* a narrow escape!" said Alice, a good deal frightened at the sudden change, but very glad to find herself still in existence; "and now for the garden!" and she ran with all speed back to the little door: but, alas! the little door was shut again, and the little golden key was lying on the glass table as before, "and things are worse than ever," thought the poor child, "for I never was so small as this before, never! And I declare it's too bad, that it is!"

As she said these words her foot slipped, and in another moment, splash! she was up to her chin in salt water. Her first idea was that she had somehow fallen into the sea, "and in that case I can go back by railway," she said to herself. (Alice had been to the seaside once in her life, and had come to the general conclusion, that wherever you go to on the English coast you find a number of bathing machines in the sea, some children digging in the sand with wooden spades, then a row of lodging houses, and behind them a railway station.) However, she soon made out that she was in the pool of tears which she had wept when she was nine feet high.

"I wish I hadn't cried so much!" said Alice, as she swam about, trying to find her way out. "I shall be punished for it now, I suppose, by being drowned in my own tears! That *will* be a queer thing, to be sure! However, everything is queer to-day."

«Díganmelo primero y luego, si me gusta ser esa persona, subiré... si no, me quedaré aquí abajo hasta que sea otra... pero, ¡oh, cielos!», gritó Alicia, con un repentino estallido de lágrimas, «*¡desearía* que alguien se asomara! ¡Estoy *tan* cansada de estar aquí sola».

Mientras decía esto se miró las manos y se sorprendió al ver que se había puesto uno de los pequeños guantes blancos de seda del Conejo mientras hablaba. «¿Cómo he *podido* hacer eso?», pensó. «Debo de estar volviéndome pequeña otra vez». Se levantó y se acercó a la mesa para medirse con ella y descubrió que, por lo que podía adivinar, ahora medía unos dos pies, y seguía encogiéndose rápidamente... pronto descubrió que la causa de ello era el abanico que llevaba en la mano y lo dejó caer precipitadamente, apenas para salvarse de encogerse del todo.

«¡Eso *estuvo* cerca!», dijo Alicia, bastante asustada por el repentino cambio, pero muy contenta de encontrarse todavía en existencia; «¡y ahora al jardín!», y corrió a toda velocidad de vuelta a la puertecita... pero, ¡ay! la puertecita estaba cerrada de nuevo y la llavecita de oro estaba sobre la mesita de cristal como antes, «y las cosas estaban peor que nunca», pensó la pobre niña, «pues nunca antes había sido tan pequeña como ahora, ¡nunca! Y digo que esto está muy mal, me rindo».

Mientras decía estas palabras su pie resbaló y de la nada, ¡splash! estaba metida hasta la barbilla en agua salada. Lo primero que pensó es que había caído al mar, «y de ser así podría regresar en tren», pensó. (Alicia estuvo alguna vez en la orilla del mar y concluyó que, en cualquier lugar de la costa inglesa al que se fuera, había una serie de casetas de playa en el mar, algunos niños cavando en la arena con palas de madera, una hilera de casas de alojamiento y detrás de ellas una estación de ferrocarril). Este no era el caso, pronto se dio cuenta de que estaba en el estanque de sus propias lágrimas de cuando tenía nueve pies de altura.

«¡Ojalá no hubiera llorado tanto!», dijo Alicia, mientras nadaba de un lado a otro, tratando de encontrar la salida. «¡Supongo que ahora me castigarán por esto, ahogándome en mis propias lágrimas! ¡Sin duda esto *será* raro! De todos modos, todo es raro hoy».

Just then she heard something splashing about in the pool a little way off, and she swam nearer to make out what it was: at first she thought it must be a walrus or hippopotamus, but then she remembered how small she was now, and she soon made out that it was only a mouse that had slipped in like herself.

"Would it be of any use, now," thought Alice, "to speak to this mouse? Everything is so out-of-the-way down here, that I should think very likely it can talk: at any rate, there's no harm in trying." So she began: "O Mouse, do you know the way out of this pool? I am very tired of swimming about here, O Mouse!" (Alice thought this must be the right way of speaking to a mouse: she had never done such a thing before, but she remembered having seen in her brother's Latin Grammar, "A mouse—of a mouse—to a mouse—A mouse—O mouse!") The Mouse looked at her rather inquisitively, and seemed to her to wink with one of its little eyes, but it said nothing.

"Perhaps it doesn't understand English," thought Alice; "I daresay it's a French mouse, come over with William the Conqueror." (For,

En ese momento oyó chapotear algo a poca distancia, dentro del estanque, y se acercó para ver qué era... al principio pensó que era una morsa o un hipopótamo pero luego recordó lo pequeña que era ahora y pronto se dio cuenta de que sólo era un ratón que se había colado como ella.

«¿Serviría de algo», pensó Alicia, «hablar con este ratón? Todo está tan extraño acá abajo que creo que es probable que pueda hablar... de cualquier manera, no hay nada malo en intentarlo». Así que empezó diciendo: «Oh, Ratón, ¿sabes cómo salir de este estanque? Estoy muy cansada de nadar por aquí, ¡oh, Ratón!». (Alicia pensó que ésa debía de ser la forma correcta de hablarle a un ratón... nunca antes había hecho algo así, pero recordaba haber visto en la *Gramática latina* de su hermano: «Un ratón... de un ratón... a un ratón... ¡Un ratón... Oh, ratón!»). El Ratón la miró algo curioso y le pareció que guiñaba uno de sus ojillos, pero no dijo nada.

«Quizá no entienda el inglés», pensó Alicia; «me atrevería a decir que es un ratón francés, venido con Guillermo el Conquistador».

with all her knowledge of history, Alice had no very clear notion how long ago anything had happened.) So she began again: *"Où est ma chatte ?"* which was the first sentence in her French lesson-book. The Mouse gave a sudden leap out of the water, and seemed to quiver all over with fright. "Oh, I beg your pardon!" cried Alice hastily, afraid that she had hurt the poor animal's feelings. "I quite forgot you didn't like cats."

"Not like cats!" cried the Mouse, in a shrill, passionate voice. "Would *you* like cats if you were me?"

"Well, perhaps not," said Alice in a soothing tone: "don't be angry about it. And yet I wish I could show you our cat Dinah: I think you'd take a fancy to cats if you could only see her. She is such a dear quiet thing," Alice went on, half to herself, as she swam lazily about in the pool, "and she sits purring so nicely by the fire, licking her paws and washing her face—and she is such a nice soft thing to nurse—and she's such a capital one for catching mice——oh, I beg your pardon!" cried Alice again, for this time the Mouse was bristling all over, and she felt certain it must be really offended. "We won't talk about her any more if you'd rather not."

(Porque, con todos sus conocimientos de historia, Alicia no tenía una noción muy clara de cuánto tiempo hacía que había ocurrido algo). Así que empezó de nuevo diciendo: *«Où est ma chatte ?» [«¿Dónde está mi gata?»]*, que era la primera frase de su libro de francés. El Ratón dio un brusco salto fuera del agua y empezó a estremecerse de miedo. «¡Oh, perdóname!», gritó Alicia, temerosa de haber herido los sentimientos del pobre animal. «Olvidé por completo que no te gustan los gatos».

«¡No, gatos, no!», gritó el Ratón, con voz chillona y apasionada. «¿Si fueras *yo* te gustarían los gatos?».

«Bueno, tal vez no», dijo Alicia en tono tranquilizador: «No te enfades por eso. Sin embargo, me gustaría poder enseñarte a nuestra gata Dinah... creo que te gustaría si pudieras verla. Es tan querida y tranquila», dijo Alicia para sí misma, mientras nadaba perezosamente en el estanque. «Y se sienta ronroneando tan agradablemente junto al fuego, lamiéndose las patas y lavándose la cara... y ella es tan suave y agradable para consentir... y es tan buena para cazar ratones... ¡oh, te pido perdón!», dijo Alicia de nuevo, pues esta vez el Ratón estaba erizado por todas partes, y ella se percató de que él debía estar realmente ofendido. «No hablaremos más de ella si prefieres que no lo hagamos».

"We, indeed!" cried the Mouse, who was trembling down to the end of his tail. "As if *I* would talk on such a subject! Our family always *hated* cats: nasty, low, vulgar things! Don't let me hear the name again!"

"I won't indeed!" said Alice, in a great hurry to change the subject of conversation. "Are you—are you fond—of—of dogs?" The Mouse did not answer, so Alice went on eagerly: "There is such a nice little dog near our house I should like to show you! A little bright-eyed terrier, you know, with oh! such long curly brown hair! And it'll fetch things when you throw them, and it'll sit up and beg for its dinner, and all sorts of things—I can't remember half of them—and it belongs to a farmer, you know, and he says it's so useful, it's worth a hundred pounds! He says it kills all the rats and—oh dear!" cried Alice in a sorrowful tone. "I'm afraid I've offended it again!" For the Mouse was swimming away from her as hard as it could go, and making quite a commotion in the pool as it went.

So she called softly after it: "Mouse dear! Do come back again, and we won't talk about cats or dogs either, if you don't like them! " When the Mouse heard this, it turned round and swam slowly back to her: its face was quite pale (with passion, Alice thought), and it said in a low, trembling voice, "Let us get to the shore, and then I'll tell you my history, and you'll understand why it is I hate cats and dogs."

It was high time to go, for the pool was getting quite crowded with the birds and animals that had fallen into it: there were a Duck and a Dodo, a Lory and an Eaglet, and several other curious creatures. Alice led the way, and the whole party swam to the shore.

«¡Mejor!», gritó el Ratón, que temblaba hasta la punta de la cola. «¡Como voy *yo* a hablar de un tema así! Nuestra familia siempre ha *odiado a* los gatos... ¡cosas repugnantes, bajas y vulgares! No me hagas volver a oír ese nombre».

«¡Desde luego que no!», dijo Alicia, con gran prisa por cambiar el tema de conversación. «¿Eres... eres aficionado a los... a los... perros?». El Ratón no contestó, así que Alicia prosiguió con entusiasmo: «¡Hay un perrito muy bonito cerca de nuestra casa que me gustaría enseñarte! ¡Un pequeño terrier de ojos brillantes!, ya sabes, con ¡oh! ¡un pelo castaño tan largo y rizado! Y coge las cosas cuando se las tiras, y se sienta y ruega por su cena, y todo ese tipo de cosas. No logro recordar todo, sé que pertenece a un granjero, ¡y él dice que es tan útil que vale cien libras! Dice que mata a todas las ratas y... ¡oh Dios!», gritó Alicia en tono apenado. «¡Me temo que te he ofendido otra vez!». El Ratón se estaba alejando de ella lo que más podía y agitaba el agua mientras se movía.

Así que ella lo llamó suavemente: «¡Ratón querido! Vuelve otra vez, ¡ya no hablaremos de gatos ni de perros, si no te gustan!». Cuando el Ratón oyó esto, se dio la vuelta y nadó lentamente de vuelta hacia ella... su cara estaba bastante pálida (de pasión, pensó Alicia) y dijo en voz baja y temblorosa: «Vamos a la orilla y te cuento mi historia y entenderás por qué es que odio a los gatos y a los perros.»

Ya era hora de irse, pues la piscina se estaba llenando de pájaros y animales que habían caído en ella... había un Pato y un Dodo, un Loro y un Aguilucho, y varias criaturas curiosas. Alicia encabezó la marcha y todo el grupo nadó hasta la orilla.

CHAPTER III — A CAUCUS-RACE AND A LONG TALE

They were indeed a queer-looking party that assembled on the bank—the birds with draggled feathers, the animals with their fur clinging close to them, and all dripping wet, cross, and uncomfortable.

The first question of course was, how to get dry again: they had a consultation about this, and after a few minutes it seemed quite natural to Alice to find herself talking familiarly with them, as if she had known them all her life. Indeed, she had quite a long argument with the Lory, who at last turned sulky, and would only say, "I am older than you, and must know better;" and this Alice would not allow, without knowing how old it was, and as the Lory positively refused to tell its age, there was no more to be said.

At last the Mouse, who seemed to be a person of some authority among them, called out, "Sit down, all of you, and listen to me! *I'll* soon make you dry enough!" They all sat down at once, in a large ring, with the Mouse in the middle. Alice kept her eyes anxiously fixed on

CAPÍTULO III – LA CARRERA EN COMITÉ Y UN CUENTO LARGO

Era un grupo de aspecto extraño el que se reunió en la orilla... los pájaros con las plumas arrastrando, los animales con el pelaje pegado a ellos y todos empapados, malhumorados e incómodos.

La primera pregunta fue cómo secarse... tuvieron una charla al respecto y luego de unos minutos a Alicia le pareció muy natural estar hablando familiarmente con ellos, como si los conociera de toda la vida. De hecho, tuvo una larga discusión con el Loro, que al final se molestó, y sólo dijo: «Soy mayor que tú y debo saber más»; y esto Alicia no lo permitió, sin saber cuántos años tenía, y como el Loro se negó rotundamente a decir su edad, no hubo más que decir.

Por fin el Ratón, que parecía ser una persona de cierta autoridad entre ellos, gritó: «¡Siéntense todos y escúchenme! Pronto les dejaré bien secos». Se sentaron todos a la vez, formando un gran círculo, con el Ratón en el centro. Alicia mantenía los ojos ansiosamente fijos

it, for she felt sure she would catch a bad cold if she did not get dry very soon.

"Ahem!" said the Mouse with an important air, "are you all ready? This is the driest thing I know. Silence all round, if you please! 'William the Conqueror, whose cause was favoured by the pope, was soon submitted to by the English, who wanted leaders, and had been of late much accustomed to usurpation and conquest. Edwin and Morcar, the earls of Mercia and Northumbria—'"

"Ugh!" said the Lory, with a shiver.

"I beg your pardon!" said the Mouse, frowning, but very politely: "Did you speak?"

"Not I!" said the Lory hastily.

"I thought you did," said the Mouse.—"I proceed. 'Edwin and Morcar, the earls of Mercia and Northumbria, declared for him; and even Stigand, the patriotic archbishop of Canterbury, found it advisable—'"

"Found *what?*" said the Duck.

"Found *it*," the Mouse replied rather crossly: "of course you know what 'it' means."

"I know what 'it' means well enough, when *I* find a thing," said the Duck: "it's generally a frog or a worm. The question is, what did the archbishop find?"

The Mouse did not notice this question, but hurriedly went on, "'—found it advisable to go with Edgar Atheling to meet William and offer him the crown. William's conduct at first was moderate. But the insolence of his Normans—' How are you getting on now, my dear?" it continued, turning to Alice as it spoke.

"As wet as ever," said Alice in a melancholy tone: "it doesn't seem to dry me at all."

"In that case," said the Dodo solemnly, rising to its feet, "I move that

sobre él, pues estaba segura de que cogería un fuerte resfriado si no se secaba muy pronto.

«¡Ejem!», dijo el Ratón con aire importante, «¿están todos listos? Esto es lo más seco que conozco. ¡Silencio todos, por favor! "Guillermo el Conquistador, cuya causa fue favorecida por el Papa, pronto fue reconocido por los ingleses, que querían líderes, y que últimamente habían estado muy acostumbrados a la usurpación y la conquista. Edwin y Morcar, los condes de Mercia y Northumbria..."».

«¡Uf!», dijo el Loro, con un escalofrío.

«¡Perdón!», dijo el Ratón, frunciendo el ceño, pero muy educadamente: «¿Has dicho algo?».

«¡Yo, no!», se apresuró a decir el Loro.

«Pensé que sí», dijo el Ratón. «Prosigo. "Edwin y Morcar, los condes de Mercia y Northumbria, se declararon a su favor; e incluso Stigand, el patriota arzobispo de Canterbury, encontró eso aconsejable..."».

«¿Encontró *qué?*», dijo el Pato.

«Encontró», contestó el Ratón muy enfadado: «por supuesto que sabes lo que significa "eso"».

«Sé muy bien lo que significa "eso" cuando *yo* encuentro una cosa», dijo el Pato... «generalmente es una rana o un gusano. La pregunta es... ¿qué encontró el arzobispo?».

El Ratón no le prestó atención a la pregunta, sino que se apresuró a continuar: «"Encontró eso aconsejable, ir con Edgar Atheling al encuentro de Guillermo y ofrecerle la corona. La conducta de Guillermo al principio fue moderada. Pero la insolencia de sus normandos...". ¿Cómo estás querida?», le pregunto el Ratón a Alicia.

«Tan mojada como nunca», dijo Alicia en tono melancólico... «Creo que nunca voy a lograr secarme».

«En ese caso», dijo el Dodo solemnemente, poniéndose en pie,

the meeting adjourn, for the immediate adoption of more energetic remedies—"

"Speak English! " said the Eaglet. "I don't know the meaning of half those long words, and, what's more, I don't believe you do either!" And the Eaglet bent down its head to hide a smile: some of the other birds tittered audibly. "What I was going to say," said the Dodo in an offended tone, "was, that the best thing to get us dry would be a Caucus-race."

"What *is* a Caucus-race?" said Alice; not that she wanted much to know, but the Dodo had paused as if it thought that *somebody* ought to speak, and no one else seemed inclined to say anything.

"Why," said the Dodo, "the best way to explain it is to do it." (And as you might like to try the thing yourself, some winter day, I will tell you how the Dodo managed it.)

First it marked out a race-course, in a sort of circle, ("the exact shape doesn't matter," it said,) and then all the party were placed along the course, here and there. There was no "One two, three, and away," but they began running when they liked, and left off when they liked, so that it was not easy to know when the race was over. However, when they had been running half an hour or so, and were quite dry again, the Dodo suddenly called out, "The race is over!" and they all crowded round it, panting, and asking, "But who has won?"

This question the Dodo could not answer without a great deal of thought, and it sat for a long time with one finger pressed upon its forehead, (the position in which you usually see Shakespeare, in the pictures of him,) while the rest waited in silence. At last the Dodo said, "*Everybody* has won, and all must have prizes."

"But who is to give the prizes? " quite a chorus of voices asked.

"Why, *she,* of course," said the Dodo, pointing to Alice with one finger; and the whole party at once crowded round her, calling out in a confused way, "Prizes! Prizes!"

«propongo que se levante la sesión para la adopción inmediata de remedios más enérgicos...».

«¡Habla para que entendamos todos!», dijo el Aguilucho. «¡No conozco el significado de la mitad de esas palabras y, lo que es peor, creo que tú tampoco!». El Aguilucho agachó la cabeza para ocultar una sonrisa... algunos de los otros pájaros se rieron audiblemente. «Lo que iba a decir», dijo el Dodo en tono ofendido, «era que lo mejor para secarnos sería una carrera de Comité».

«¿Qué *es* una carrera de Comité?», dijo Alicia; no es que tuviera muchas ganas de saberlo, pero el Dodo había hecho una pausa como si pensara que *alguien* debía hablar y nadie más parecía inclinado a decir algo.

«Pues», dijo el Dodo, «la mejor manera de explicarlo es hacerlo». (Y como quizás te guste intentarlo por tu cuenta, algún día de invierno, te contaré cómo se las ingenió el Dodo).

Primero marcó un recorrido para la carrera, en una especie de círculo, («la forma exacta no importa», dijo el Dodo) y luego todo el grupo se colocó a lo largo del recorrido, aquí y allá. No había «uno, dos, tres, y fuera», sino que empezaban a correr cuando querían y paraban cuando querían, de modo que no era fácil saber cuándo había terminado la carrera. Sin embargo, cuando llevaban más o menos media hora corriendo, y ya estaban secos de nuevo, el Dodo gritó de repente: «¡La carrera ha terminado!», y todos se agolparon a su alrededor, jadeando, y preguntando: «Pero, ¿quién ha ganado?».

El Dodo no supo cómo responder a esta pregunta, así que permaneció sentado durante mucho tiempo con un dedo presionando sobre la frente (la posición en la que se suele ver a Shakespeare en los retratos que hacen de él), mientras los demás esperaban en silencio. Por fin, el Dodo dijo: «*Todos* han ganado y todos deben tener premio».

«¿Pero quién va a dar los premios?», preguntó un coro de voces.

«Por supuesto que ella», dijo el Dodo, señalando a Alicia con un dedo; y todo el grupo se agolpó de inmediato a su alrededor, gritando de forma confusa: «¡Premios! ¡Premios!».

Alice had no idea what to do, and in despair she put her hand in her pocket, and pulled out a box of comfits, (luckily the salt water had not got into it,) and handed them round as prizes. There was exactly one a-piece, all round.

"But she must have a prize herself, you know," said the Mouse.

"Of course," the Dodo replied very gravely. "What else have you got in your pocket?" he went on, turning to Alice.

"Only a thimble," said Alice sadly.

Alicia no tenía ni idea de qué hacer y, desesperada, se metió la mano en el bolsillo y sacó una caja de golosinas (por suerte el agua salada no había entrado en ella) y las repartió como premio. Había exactamente una por participante.

«Pero ella misma debe tener un premio», dijo el Ratón.

«Por supuesto», respondió el Dodo muy seriamente. «¿Qué más tienes en el bolsillo?», dijo mirando a Alicia.

«Sólo un dedal», dijo Alicia con tristeza.

"Hand it over here," said the Dodo.

Then they all crowded round her once more, while the Dodo solemnly presented the thimble, saying, "We beg your acceptance of this elegant thimble;" and, when it had finished this short speech, they all cheered.

Alice thought the whole thing very absurd, but they all looked so grave that she did not dare to laugh; and as she could not think of anything to say, she simply bowed, and took the thimble, looking as solemn as she could.

The next thing was to eat the comfits: this caused some noise and confusion, as the large birds complained that they could not taste theirs, and the small ones choked and had to be patted on the back. However, it was over at last, and they sat down again in a ring, and begged the Mouse to tell them something more.

"You promised to tell me your history, you know," said Alice, "and why it is you hate—C and D," she added in a whisper, half afraid that it would be offended again.

"Mine is a long and a sad tale!" said the Mouse, turning to Alice, and sighing.

"It *is* a long tail, certainly," said Alice, looking down with wonder at the Mouse's tail; "But why do you call it sad?" And she kept on puzzling about it while the Mouse was speaking, so that her idea of the tale was something like this:

«Entrégamelo», dijo el Dodo.

Entonces todos se agruparon una vez más, mientras el Dodo presentaba solemnemente el dedal, diciendo: «Te rogamos que aceptes este elegante dedal»; y, cuando terminó este discurso, todos aplaudieron.

Alicia pensó que todo aquello era muy absurdo pero todos tenían un aspecto tan serio que no se atrevió a reírse; y como no sabía qué decir, se limitó a inclinarse y a coger el dedal, con el aspecto más solemne que pudo.

Luego empezaron a comerse las golosinas, esto causó cierto ruido y confusión, ya que los pájaros grandes se quejaban porque no podían saborear los suyos, y los pequeños se atragantaban y había que darles palmaditas en la espalda. Al final se acabaron todo y se sentaron de nuevo en círculo y le rogaron al Ratón que les dijera algo más.

«Prometiste contarme tu historia, ¿recuerdas?», dijo Alicia, «y por qué odiabas los... G y P», dijo suavemente, medio temerosa de que se ofendiera de nuevo.

«¡Mi cuento es largo y triste como una cola!», dijo el Ratón, mirando a Alicia, y suspirando.

«En verdad *es* una cola larga», dijo Alicia, mirando con asombro la cola del Ratón; «pero, ¿por qué lo llamas triste?». Y siguió dándole vueltas al asunto mientras el Ratón hablaba, de modo que su cuento fue algo así...

"Fury said to
     a mouse, That
          he met
               in the
                    house,
               'Let us
          both go
          to law:
     I will
     prosecute
you.—
     Come, I'll
          take no
               denial;
                    We must
                         have a
                         trial:
                              For
                         really
               this
          morning
               I've
          nothing
     to do.'
     Said the
          mouse to
     the cur,
          'Such a
               trial,
          dear sir,
     With no
     jury or judge,
would be
     wasting
          our breath.'
               'I'll be
          judge.
          I'll be
     jury,'
Said
     cunning
old Fury;
     'I'll try
          the whole
     cause,
          and
          condemn
     you
     to
death.''

Fury le dijo a
    un ratón, que
        encontró
            en la
                casa:
        «Vamos
        los dos
        a juicio:
Yo
demandaré
contra *ti*.
    Ven, yo
        no aceptaré
            una negativa;
                debemos
                    tener un
                    juicio
                        porque
                    realmente
                esta
            mañana
                no tengo
            nada
        que hacer».
        El ratón
            le dijo
        al perro,
            «¿Un tal
                juicio,
            querido señor?,
        ¿sin jurado
    ni juez,
no sería
    malgastar
        nuestro aliento?».
            «Yo seré
        el juez.
        Yo seré
    el jurado»,
dijo
    el astuto
viejo Fury;
    «Juzgaré
        el caso
    completo
        y te
        condenaré
    a ti
    a
muerte».

"You are not attending!" said the Mouse to Alice, severely. "What are you thinking of?"

"I beg your pardon," said Alice very humbly: "you had got to the fifth bend, I think?"

"I had *not!*" cried the Mouse, sharply and very angrily.

"A knot!" said Alice, always ready to make herself useful, and looking anxiously about her. "Oh, do let me help to undo it!"

"I shall do nothing of the sort," said the Mouse, getting up and walking away. "You insult me by talking such nonsense!"

"I didn't mean it!" pleaded poor Alice. "But you're so easily offended, you know!"

The Mouse only growled in reply.

"Please come back, and finish your story!" Alice called after it; and the others all joined in chorus, "Yes, please do!" but the Mouse only shook its head impatiently, and walked a little quicker.

"What a pity it wouldn't stay!" sighed the Lory, as soon as it was quite out of sight; and an old Crab took the opportunity of saying to her daughter, "Ah, my dear! Let this be a lesson to you never to lose *your* temper!" "Hold your tongue, Ma!" said the young Crab, a little snappishly. "You're enough to try the patience of an oyster!"

"I wish I had our Dinah here, I know I do! " said Alice aloud, addressing nobody in particular. "She'd soon fetch it back!"

"And who is Dinah, if I might venture to ask the question?" said the Lory.

Alice replied eagerly, for she was always ready to talk about her pet: "Dinah's our cat. And she's such a capital one for catching mice, you can't think! And oh, I wish you could see her after the birds! Why,

«¡No estás prestando atención!», dijo el Ratón a Alicia, muy molesto. «¿En qué estás pensando?».

«Te ruego me disculpes», dijo Alicia muy avergonzada... «¿habías llegado a la quinta curva, no?».

«*¡No!*», gritó el Ratón, bruscamente y muy enfadado.

«¡Un nudo!», dijo Alicia, siempre dispuesta a hacerse útil, y mirando ansiosamente a su alrededor. «¡Oh, déjame ayudarte a deshacerlo!».

«No te dejaré hacer nada como eso», dijo el Ratón, levantándose y alejándose. «¡Me insultas diciendo semejantes tonterías!».

«¡No era mi intención!», suplicó la pobre Alicia. «¡Pero es que tú te ofendes con demasiada facilidad!».

En respuesta, el Ratón sólo gruñó.

«¡Vuelve, por favor, y termina tu historia!», gritó Alicia; y todos los demás se unieron en coro: «¡Sí, por favor!», pero el Ratón se limitó a sacudir la cabeza con impaciencia y a alejarse con más prisa.

«¡Qué lástima que no se quedara!», suspiró el Loro, en cuanto se perdió de vista; y entonces una vieja Cangreja aprovechó la ocasión para decirle a su hija: «¡Querida! Que esto te sirva de lección para que *tú* no pierdas nunca los estribos». «¡Cállate, mamá!», dijo la joven Cangreja, un poco molesta. «¡Tú eres quien pone a prueba hasta la paciencia de una ostra!».

«¡Desearía tener aquí a nuestra Dinah!», dijo Alicia en voz alta, sin dirigirse a nadie en particular. «¡Ella lo recuperaría pronto!».

«¿Y quién es Dinah, si puedo preguntar?», dijo el Loro.

Alicia respondió con entusiasmo, ya que siempre estaba dispuesta a hablar sobre su mascota: «Dinah es nuestra gata. ¡Es muy buena para cazar ratones, no te la podrías imaginar! Y ¡oh, ojalá pudieras

she'll eat a little bird as soon as look at it!"

This speech caused a remarkable sensation among the party. Some of the birds hurried off at once: one old Magpie began wrapping itself up very carefully, remarking, "I really must be getting home; the night-air doesn't suit my throat!" and a Canary called out in a trembling voice to its children, "Come away, my dears! It's high time you were all in bed!" On various pretexts they all moved off, and Alice was soon left alone.

"I wish I hadn't mentioned Dinah!" she said to herself in a melancholy tone. "Nobody seems to like her, down here, and I'm sure she's the best cat in the world! Oh, my dear Dinah! I wonder if I shall ever see you any more!" And here poor Alice began to cry again, for she felt very lonely and low-spirited. In a little while, however, she again heard a little pattering of footsteps in the distance, and she looked up eagerly, half hoping that the Mouse had changed his mind, and was coming back to finish his story.

verla tras los pájaros! ¡Se comería un pajarito con sólo mirarlo!».

Este discurso causó una notable incomodidad entre el grupo. Algunas de las aves empezaron a marcharse... una vieja Urraca empezó a envolverse con mucho cuidado, diciendo: «¡En verdad tengo que irme a casa; el aire de la noche no le sienta bien a mi garganta!», y un Canario gritó con voz temblorosa a sus hijos: «¡Vengan, niños! Ya es hora de ir a la cama». Con diversos pretextos todos se marcharon y así Alicia pronto se quedó sola.

«¡Ojalá no hubiera mencionado a Dinah!», se dijo en tono melancólico. «¡A nadie parece gustarle aquí abajo y estoy segura de que es la mejor gata del mundo! ¡Oh, mi querida Dinah! Me pregunto si volveré a verte alguna vez». Y aquí la pobre Alicia empezó a llorar de nuevo pues se sentía muy sola y desanimada. Sin embargo, al poco tiempo, volvió a oír un pequeño repiqueteo de pasos en la lejanía y levantó la mirada con entusiasmo, esperando a medias que el Ratón hubiera cambiado de idea y volviera para terminar su historia.

CHAPTER IV — THE RABBIT SENDS IN A LITTLE BILL

It was the White Rabbit, trotting slowly back again, and looking anxiously about as it went, as if it had lost something; and she heard it muttering to itself, "The Duchess! The Duchess! Oh my dear paws! Oh my fur and whiskers! She'll get me executed, as sure as ferrets are ferrets! Where *can* I have dropped them, I wonder?" Alice guessed in a moment that it was looking for the fan and the pair of white kid gloves, and she very good-naturedly began hunting about for them, but they were nowhere to be seen— everything seemed to have changed since her swim in the pool, and the great hall, with the glass table and the little door, had vanished completely.

Very soon the rabbit noticed Alice, as she went hunting about, and called out to her in an angry tone, "Why, Mary Ann, what are you doing out here? Run home this moment, and fetch me a pair of gloves and a fan! Quick, now!" And Alice was so much frightened that she ran off at once in the direction it pointed to, without trying to explain the mistake that it had made.

"He took me for his housemaid," she said to herself as she ran. "How surprised he'll be when he finds out who I am!

But I'd better take him his fan and gloves—that is, if I can find them." As she said this, she came upon a neat little house, on the door of which was a bright brass plate with the name "W. RABBIT" engraved upon it. She went in without knocking, and hurried upstairs, in great fear lest she should meet the real Mary Ann, and be turned out of the house before she had found the fan and gloves.

"How queer it seems," Alice said to herself, "to be going messages for a rabbit! I suppose Dinah'll be sending me on messages next!" And she began fancying the sort of thing that would happen: "'Miss Alice! Come here directly, and get ready for your walk!' 'Coming in a minute, nurse! But I've got to watch this mouse-hole till Dinah comes back, and see that the mouse doesn't get out.' Only I don't think," Alice went on, "that they'd let Dinah stop in the house if it began ordering people about like that!"

CAPÍTULO IV — EL CONEJO ENVÍA UN PEQUEÑO BILL

Era el Conejo Blanco, que volvía trotando lentamente y mirando ansiosamente a su alrededor mientras avanzaba, como si hubiera perdido algo; y ella le oyó murmurar para sí mismo: «¡La Duquesa! ¡La Duquesa! ¡Oh, mis queridas patas! ¡Oh, mi pelaje y mis bigotes! Hará que me ejecuten, ¡tan seguro como que los hurones son hurones! ¿Dónde *puede* ser que se hayan caído, me pregunto?». Alicia adivinó en un momento que él buscaba el abanico y el par de guantes blancos de seda y muy bondadosamente se puso a buscarlos por todas partes pero no aparecían por ningún lado; todo parecía haber cambiado desde su baño en la piscina y el gran salón, con la mesa de cristal y la puertecita, habían desaparecido por completo.

Pronto el conejo se fijó en Alicia, mientras ella buscaba, y la llamó en un tono enojado: «Vaya, Mary Ann, ¿qué haces aquí fuera? ¡Corre a casa ahora mismo y tráeme un par de guantes y un abanico! ¡Rápido, ahora!» Y Alicia se asustó tanto que salió corriendo de inmediato en la dirección que señalaba, sin intentar explicarle el error que había cometido.

«Me ha confundido con su criada», se dijo a sí misma mientras corría. «¡Qué sorprendido va a estar cuando sepa quién soy!».

«Pero será mejor que le lleve su abanico y sus guantes, si es que puedo encontrarlos». Mientras decía esto, se topó con una casita muy ordenada, en cuya puerta había una placa de latón brillante con el nombre «CONEJO B.». Entró sin llamar y se apresuró a subir, con gran temor de encontrarse con la verdadera Mary Ann y que la echaran de la casa antes de que hubiera encontrado el abanico y los guantes.

«¡Qué extraño», pensó Alicia, «estar haciéndole favores a un conejo! Supongo que Dinah será la próxima en darme tareas». Y empezó a imaginar el tipo de cosas que podrían suceder: «"¡Señorita Alicia! ¡Ven aquí inmediatamente, y prepárate para tu paseo!". "¡Voy en un minuto, niñera! Tengo que vigilar esta ratonera hasta que vuelva Dinah, y ver que el ratón no salga". Sólo que no creo que dejen a Dinah quedarse en la casa si empieza a dar órdenes a la gente de esa manera!», pensó Alicia.

By this time she had found her way into a tidy little room with a table in the window, and on it (as she had hoped) a fan and two or three pairs of tiny white kid gloves: she took up the fan and a pair of the gloves, and was just going to leave the room, when her eye fell upon a little bottle that stood near the looking-glass. There was no label this time with the words "DRINK ME," but nevertheless she uncorked it and put it to her lips. "I know *something* interesting is sure to happen," she said to herself, "whenever I eat or drink anything; so I'll just see what this bottle does. I do hope it'll make me grow large again, for really I'm quite tired of being such a tiny little thing!"

It did so indeed, and much sooner than she had expected: before she had drunk half the bottle, she found her head pressing against the ceiling, and had to stoop to save her neck from being broken. She hastily put down the bottle, saying to herself, "That's quite enough—I hope I shan't grow any more—As it is, I can't get out at the door—I do wish I hadn't drunk quite so much!"

Alas! it was too late to wish that! She went on growing, and growing, and very soon had to kneel down on the floor: in another minute there

Para ese momento, había encontrado el camino a una pequeña habitación ordenada con una mesa en la ventana y sobre ella (como había esperado) un abanico y dos o tres pares de diminutos guantes de seda blancos: cogió el abanico y un par de los guantes y cuando estaba a punto de salir de la habitación, su vista se posó en una botellita que estaba cerca del espejo. Esta vez no había ninguna etiqueta con la palabra «BÉBEME» pero a pesar de ello la descorchó y se la llevó a los labios. «Estoy segura que *algo* interesante va a ocurrir», se dijo Alicia, «cada vez que como o bebo algo; así que vamos a ver lo que hace esta botella. Espero que me haga crecer de nuevo, ¡porque realmente estoy bastante cansada de ser tan diminuta!».

Y en efecto, y mucho antes de lo que ella esperaba así fue... antes de que se hubiera bebido la mitad de la botella se encontró con la cabeza presionando el techo, tanto que tuvo que agacharse para evitar romperse el cuello. Rápidamente dejó la botella y dijo: «Ya es suficiente... no puedo beber más... tal como están las cosas, no puedo salir por la puerta... ¡no debí haber bebido tanto!».

¡Qué desgracia! ¡Ya era demasiado tarde para desear eso! Siguió creciendo, y creciendo, y pronto tuvo que arrodillarse en el suelo...

was not even room for this, and she tried the effect of lying down with one elbow against the door, and the other arm curled round her head. Still she went on growing, and, as a last resource, she put one arm out of the window, and one foot up the chimney, and said to herself, "Now I can do no more, whatever happens. What *will* become of me?"

Luckily for Alice, the little magic bottle had now had its full effect, and she grew no larger: still it was very uncomfortable, and as there seemed to be no sort of chance of her ever getting out of the room again, no wonder she felt unhappy.

"It was much pleasanter at home," thought poor Alice, "when one wasn't always growing larger and smaller, and being ordered about by mice and rabbits. I almost wish I hadn't gone down that rabbit-hole—and yet—and yet—it's rather curious, you know, this sort of life! I do wonder what *can* have happened to me! When I used to read fairy-tales, I fancied that kind of thing never happened, and now here I am in the middle of one! There ought to be a book written about me, that there ought! And when I grow up, I'll write one—but I'm grown up now," she added in a sorrowful tone, "at least there's no room to grow up any more *here*."

"But then," thought Alice, "shall I *never* get any older than I am now? That'll be a comfort, one way—never to be an old woman—but then—always to have lessons to learn! Oh, I shouldn't like *that!*"

"Oh, you foolish Alice!" she answered herself. "How can you learn lessons in here? Why, there's hardly room for you, and no room at all for any lesson-books!"

And so she went on, taking first one side and then the other, and making quite a conversation of it altogether; but after a few minutes she heard a voice outside, and stopped to listen.

"Mary Ann! Mary Ann!" said the voice, "fetch me my gloves this moment!" Then came a little pattering of feet on the stairs. Alice knew it was the Rabbit coming to look for her, and she trembled till she shook the house, quite forgetting that she was now about a thousand times as large as the Rabbit, and had no reason to be afraid of it.

un minuto más tarde ya no tenía espacio y tuvo que recostarse con el codo contra la puerta y el otro brazo alrededor de su cabeza. Siguió creciendo y, como último recurso, sacó un brazo por la ventana y un pie por la chimenea, y se dijo: «Ahora ya no puedo hacer nada más, ¿Qué *va a pasar* conmigo?».

Por suerte para Alicia, la botellita mágica ya había surtido todo su efecto y ella no creció más... aun así era muy incómodo y como no parecía haber posibilidad de que volviera a salir de la habitación, inevitablemente se volvió a sentir triste.

«Me sentía mejor en casa», pensó la pobre Alicia, «sin estar creciendo y empequeñeciéndome y sin estar recibiendo órdenes de ratones y conejos. Desearía no haber bajado por esa madriguera... pero... pero... ¡es bastante curiosa esta clase de vida! Me pregunto qué *pudo* haberme ocurrido. Cuando leía cuentos de hadas, yo pensaba que ese tipo de cosas nunca ocurrían, ¡y ahora aquí estoy, en medio de uno! Debería escribirse un libro sobre mí, ¡claro que sí! Y cuando crezca, escribiré uno... pero ya soy grande», añadió en tono apenado, «al menos *aquí* ya no hay sitio para crecer».

«Pero bueno», pensó Alicia, «*¿nunca* llegaré a ser más vieja de lo que soy ahora? Eso será un consuelo, nunca seré una mujer vieja... pero entonces... ¡siempre tendré lecciones que aprender! ¡Oh, no quiero *eso!*».

«¡Oh, que tonta eres Alicia!», se dijo a sí misma. «¿Cómo puedes aprender lecciones aquí? Apenas hay espacio para ti, ¡y no hay sitio para ningún libro de lecciones!».

Y así continuó, tomando primero un lado y luego el otro y haciendo de todo una conversación; pero al cabo de unos minutos oyó una voz fuera y se detuvo a escuchar.

«¡Mary Ann! ¡Mary Ann!», dijo la voz, «¡tráeme mis guantes ahora mismo!». Entonces se oyó un pequeño repiqueteo de pies en la escalera. Alicia supo que era el Conejo que venía a buscarla y tembló hasta hacer temblar la casa, olvidando por completo que ahora era unas mil veces más grande que el Conejo y que no tenía por qué tenerle miedo.

Presently the Rabbit came up to the door, and tried to open it; but as the door opened inwards, and Alice's elbow was pressed hard against it, that attempt proved a failure. Alice heard it say to itself, "Then I'll go round and get in at the window."

"*That* you won't!" thought Alice, and, after waiting till she fancied she heard the Rabbit just under the window she suddenly spread out her hand, and made a snatch in the air. She did not get hold of anything, but she heard a little shriek and a fall, and a crash of broken glass, from which she concluded that it was just possible, it had fallen into a cucumber-frame, or something of the sort.

Next came an angry voice—the Rabbit's—"Pat! Pat! Where are you?" And then a voice she had never heard before, "Sure then I'm here! Digging for apples, yer honour!"

"Digging for apples, indeed!" said the Rabbit angrily. "Here! Come and help me out of *this!*"

(Sounds of more broken glass.)

En seguida el Conejo se acercó a la puerta e intentó abrirla; pero como la puerta se abría hacia dentro y el codo de Alicia estaba fuertemente presionado contra ella, aquel intento resultó un fracaso. Alicia oyó que decía: «Entonces daré la vuelta y entraré por la ventana».

«*¡Eso* no pasará!», pensó Alicia, y entonces esperó hasta que le pareció oír al Conejo justo debajo de la ventana, luego extendió su mano e hizo un movimiento brusco en el aire. No consiguió agarrar nada, pero oyó un pequeño chillido, una caída, y un estruendo de cristales rotos, de lo que dedujo que posiblemente había caído en un semillero de pepinos o algo por el estilo.

A continuación, se escuchó una voz un poco molesta... la del conejo... «¡Pat! ¡Pat! ¿Dónde te has metido?». Y luego una voz nueva: «¡Aquí estoy! ¡En busca de manzanas, su señoría!».

«¡Buscando manzanas,!», dijo el Conejo con enfado. «¡Ven! ¡Ven y ayúdame a salir de *acá!*».

(Más sonidos de cristales rotos).

"Now tell me, Pat, what's that in the window?"

"Sure, it's an arm, yer honour!" (He pronounced it "arrum.")

"An arm, you goose! Who ever saw one that size? Why, it fills the whole window!"

"Sure, it does, yer honour: but it's an arm for all that."

"Well, it's got no business there, at any rate: go and take it away!"

There was a long silence after this, and Alice could only hear whispers now and then; such as, "Sure, I don't like it, yer honour, at all, at all!" "Do as I tell you, you coward!" and at last she spread out her hand again, and made another snatch in the air. This time there were *two* little shrieks, and more sounds of broken glass. "What a number of cucumber frames there must be!" thought Alice. "I wonder what they'll do next! As for pulling me out of the window, I only wish they *could!* I'm sure *I* don't want to stay in here any longer!"

She waited for some time without hearing anything more: at last came a rumbling of little cart-wheels, and the sound of a good many voices all talking together: she made out the words: "Where's the other ladder?—Why, I hadn't to bring but one; Bill's got the other—Bill! fetch it here, lad!—Here, put 'em up at this corner—No, tie 'em together first—they don't reach half high enough yet—Oh! they'll do well enough; don't be particular—Here, Bill! catch hold of this rope—Will the roof bear?—Mind that loose slate—Oh, it's coming down! Heads below!" (a loud crash)—"Now, who did that?—It was Bill, I fancy—Who's to go down the chimney?—Nay, *I* shan't! *You* do it!—*That* I won't, then!— Bill's got to go down—Here, Bill! the master says you've got to go down the chimney!"

"Oh! so Bill's got to come down the chimney, has he?" said Alice to herself. "Why, they seem to put everything upon Bill! I wouldn't be in Bill's place for a good deal: this fireplace is narrow, to be sure; but I *think* I can kick a little!"

She drew her foot as far down the chimney as she could, and waited till she heard a little animal (she couldn't guess of what sort it was)

«Pat, dime qué es eso que está en la ventana».

«¡Claro, es un brazo, su señoría!» (Él lo pronunció *baraso*).

«¿Un brazo? ¡Qué estúpido! ¿Quién ha visto uno de ese tamaño? ¡Ocupa toda la ventana!».

«Claro que sí, señoría... pero eso es un brazo».

«Bueno, en todo caso no debería estar ahí... ¡ve y sácalo de ahí!».

Después hubo un silencio y Alicia sólo podía oír murmullos como: «¡Claro, no me gusta, su señoría, en absoluto, en absoluto!». «¡Haz lo que te digo, cobarde!», y por fin ella volvió a extender la mano y dio otro tirón al aire. Esta vez se oyeron *dos* grititos y más sonidos de cristales rotos. «¡Qué cantidad de semilleros de pepino debe de haber!», pensó Alicia. «¡Me pregunto qué harán ahora! ¡Ojalá *pudieran* sacarme por la ventana! *¡Yo* ya no quiero quedarme más tiempo aquí».

Esperó un rato sin oír nada más... por fin escuchó ruidos de pequeñas ruedas de carro y el sonido de un buen número de voces que hablaban todas al mismo tiempo... entendió las palabras: «¿Dónde está la otra escalera...? Yo tenía que traer solo una; Bill tiene la otra... ¡Bill, tráela aquí, muchacho...! Aquí, ponlas en esta esquina... No, primero átalas juntas... no llegan ni a la mitad de la altura todavía... ¡Oh! Lo harán bastante bien... ¡Aquí, Bill! Agárrate a esta cuerda... ¿Soportará el tejado...? Cuidado con esa teja suelta... ¡Oh, se está viniendo abajo! ¡Cabezas abajo!» (un fuerte estruendo...). «Ahora, ¿quién hizo eso...? Fue Bill, me imagino... ¿Quién va a bajar por la chimenea...? *¡Yo* no! ¡Hazlo *tú...! ¡Eso,* yo no lo haré entonces...! Bill tiene que bajar... ¡Aquí, Bill! ¡El amo dice que tienes que bajar por la chimenea!».

«¡Vaya! Parece que Bill tiene que bajar por la chimenea», pensó Alicia. «¡Parece que le echan todo encima a Bill! No me gustaría estar en sus zapatos... esta chimenea es estrecha, con seguridad; ¡pero *creo* que todavía puedo dar otra patada!».

Ella bajó el pie todo lo que pudo por la chimenea y esperó hasta que oyó a un animalito (no podía adivinar de qué clase era) que arañaba y se revolvía en la chimenea cerca de ella... en ese momento,

scratching and scrambling about in the chimney close above her: then, saying to herself, "This is Bill," she gave one sharp kick, and waited to see what would happen next.

The first thing she heard was a general chorus of "There goes Bill!" then the Rabbit's voice alone —"Catch him, you by the hedge!" then silence, and then another confusion of voices—"Hold up his head—

pensó: «Será Bill», entonces dio una fuerte patada y esperó a ver qué ocurría.

Lo primero que oyó fue un coro de voces diciendo: «¡Ahí va Bill!», luego sólo la voz del Conejo... «¡Atrápalo!», luego silencio, y después de nuevo la confusión de voces... «Levántale la cabeza... No lo aho-

Brandy now—Don't choke him— How was it, old fellow? What happened to you? Tell us all about it!"

Last came a little feeble, squeaking voice, ("That's Bill," thought Alice,) "Well, I hardly know—No more, thank ye; I'm better now —but I'm a deal too flustered to tell you—all I know is, something comes at me like a Jack-in-the-box, and up I goes like a sky-rocket!"

"So you did, old fellow!" said the others.

"We must burn the house down!" said the Rabbit's voice; and Alice called out as loud as she could, "If you do, I'll set Dinah at you!"

There was a dead silence instantly, and Alice thought to herself, "I wonder what they *will* do next! If they had any sense, they'd take the roof off." After a minute or two, they began moving about again, and Alice heard the Rabbit say, "A barrowful will do, to begin with."

"A barrowful of *what?*" thought Alice; but she had not long to doubt, for the next moment a shower of little pebbles came rattling in at the window, and some of them hit her in the face. "I'll put a stop to this," she said to herself, and shouted out, "You'd better not do that again!" which produced another dead silence.

Alice noticed with some surprise that the pebbles were all turning into little cakes as they lay on the floor, and a bright idea came into her head. "If I eat one of these cakes," she thought, "it's sure to make some change in my size; and as it can't possibly make me larger, it must make me smaller, I suppose."

So she swallowed one of the cakes, and was delighted to find that she began shrinking directly. As soon as she was small enough to get through the door, she ran out of the house, and found quite a crowd of little animals and birds waiting outside. The poor little Lizard, Bill, was in the middle, being held up by two guinea-pigs, who were giving it something out of a bottle. They all made a rush at Alice the moment she appeared; but she ran off as hard as she could, and soon found herself safe in a thick wood.

gues... ¿Cómo estás amigo? ¿Qué te pasó? ¡Cuéntanos!».

Por último llegó una vocecita débil y chirriante («debe de ser Bill», pensó Alicia). «Bueno, no lo sé... Ya estoy mejor... pero estoy demasiado agitado para decírtelo... ¡todo lo que sé es que algo me empujó como un resorte y me hizo subir como un cohete!».

«¡Así es, viejo amigo!», dijeron los demás.

«¡Debemos quemar la casa!», dijo el Conejo; y Alicia gritó tan fuerte como pudo: «¡Si lo hacen les mando a Dinah encima!».

Y entonces hubo un silencio sepulcral y Alicia pensó: «¡Me pregunto qué van a hacer! Si tuvieran sentido común, quitarían el tejado». Al cabo de un minuto o dos, empezaron a moverse de nuevo y Alicia oyó decir al Conejo: «Para empezar, bastará con un poco».

«¿Un poco de *qué?*», pensó Alicia; y sin que pasara mucho tiempo una lluvia de piedrecitas entró traqueteando por la ventana y algunas de ellas la golpearon en la cara. «Le pondré fin a esto», dijo, y gritó: «¡Será mejor que no vuelvan a hacer eso!», lo que produjo otro silencio sepulcral.

Alicia notó con cierta sorpresa que todos los guijarros se estaban convirtiendo en pequeños pasteles mientras yacían en el suelo y una brillante idea se le vino a la cabeza. «Si me como uno de estos pasteles», pensó, «seguro que se produce algún cambio en mi tamaño; y como no es posible que me haga más grande, entonces me haré más pequeña».

Así que se tragó uno de los pasteles y se emocionó al ver que empezaba a encogerse. En cuanto fue lo bastante pequeña como para pasar por la puerta, salió corriendo de la casa y se encontró con una multitud de animalitos y pájaros que la esperaban fuera. El pobre Lagartito, Bill, estaba en medio, sostenido por dos cobayas, que le estaban dando algo de una botella. Todos se abalanzaron sobre Alicia en cuanto apareció; pero ella huyó lo más rápido que pudo y pronto se encontró a salvo en un espeso bosque.

"The first thing I've got to do," said Alice to herself, as she wandered about in the wood, "is to grow to my right size again; and the second thing is to find my way into that lovely garden. I think that will be the best plan."

It sounded an excellent plan, no doubt, and very neatly and simply arranged; the only difficulty was, that she had not the smallest idea how to set about it; and while she was peering about anxiously among the trees, a little sharp bark just over her head made her look up in a great hurry.

An enormous puppy was looking down at her with large round eyes, and feebly stretching out one paw, trying to touch her. "Poor little thing!" said Alice, in a coaxing tone, and she tried hard to whistle to it; but she was terribly frightened all the time at the thought that it might be hungry, in which case it would be very likely to eat her up in spite of all her coaxing.

«Lo primero que tengo que hacer», dijo Alicia, mientras caminaba por el bosque, «es volver a crecer hasta alcanzar mi tamaño adecuado; y lo segundo, encontrar el camino hacia ese precioso jardín. Creo que ése es el mejor plan».

Parecía un excelente plan, muy ordenado y sencillo; la única dificultad era que no tenía ni la menor idea de cómo llevarlo a cabo; y mientras miraba ansiosa entre los árboles, un pequeño ladrido justo sobre su cabeza la hizo levantar la vista con gran prisa.

Era un enorme cachorro que la miraba con sus grandes ojos redondos y, estirando débilmente una pata, intentaba tocarla. «¡Pobrecito!», dijo Alicia, y se esforzó en silbarle; pero le asustaba la idea de que pudiera tener hambre y en ese caso sería muy probable que se la comiera a pesar de su apariencia.

Hardly knowing what she did, she picked up a little bit of stick, and held it out to the puppy; whereupon the puppy jumped into the air off all its feet at once, with a yelp of delight, and rushed at the stick, and made believe to worry it; then Alice dodged behind a great thistle, to keep herself from being run over; and the moment she appeared on the other side, the puppy made another rush at the stick, and tumbled head over heels in its hurry to get hold of it: then Alice, thinking it was very like having a game of play with a carthorse, and expecting every moment to be trampled under its feet, ran round the thistle again; then the puppy began a series of short charges at the stick, running a very little way forwards each time and a long way back, and barking hoarsely all the while, till at last it sat down a good way off, panting, with its tongue hanging out of its mouth, and its great eyes half shut.

This seemed to Alice a good opportunity for making her escape, so she set off at once, and ran till she was quite tired and out of breath, and till the puppy's bark sounded quite faint in the distance.

"And yet what a dear little puppy it was!" said Alice, as she leant against a buttercup to rest herself, and fanned herself with one of the leaves: "I should have liked teaching it tricks very much, if—if I'd only been the right size to do it! Oh dear! I 'd nearly forgotten that I've got to grow up again! Let me see—how *is* it to be managed? I suppose I ought to eat or drink something or other; but the great question is, what?"

The great question certainly was, what? Alice looked all round her at the flowers and the blades of grass, but she could not see anything that looked like the right thing to eat or drink under the circumstances. There was a large mushroom growing near her, about the same height as herself; and when she had looked under it, and on both sides of it, and behind it, it occurred to her that she might as well look and see what was on the top of it.

She stretched herself up on tiptoe, and peeped over the edge of the mushroom, and her eyes immediately met those of a large blue caterpillar, that was sitting on the top with its arms folded, quietly smoking a long hookah, and taking not the smallest notice of her or of anything else.

Casi sin saber lo que hacía, cogió un palito y se lo lanzó al cachorro; en ese momento él saltó por los aires con todas sus patas a la vez, con un aullido de placer, y se abalanzó sobre el palo, e hizo como que lo agitaba; entonces Alicia se escabulló detrás de un matorral, para evitar que la chocara; y en el momento en que apareció por el otro lado, el cachorro se abalanzó de nuevo sobre el palo, y dio vueltas de cabeza en su prisa por agarrarlo... entonces Alicia, pensó que era como jugar con un caballo y, para no ser pisoteada por sus pies, corrió de nuevo alrededor del matorral; entonces el cachorro empezó a embestir el palo, corriendo cada vez un poco hacia delante y mucho hacia atrás, y ladrando todo el tiempo, hasta que por fin se sentó bastante lejos, con la lengua fuera de la boca y sus grandes ojos cerrados a medias.

Esto le pareció a Alicia una buena oportunidad para escapar, así que se puso en marcha de inmediato, y corrió hasta que estuvo bastante cansada y sin aliento, y hasta que el ladrido del cachorro sonó débil en la distancia.

«¡Que cachorrito tan adorable!», dijo Alicia, mientras descansaba y se abanicaba con una hoja... «Si... si hubiera tenido el tamaño adecuado, ¡me hubiera gustado mucho enseñarle algunos trucos! ¡Oh, cielos! ¡Ya se me estaba olvidando que quiero volver a crecer! A ver... ¿cómo *es* que me las arreglo? Supongo que debo comer o beber algo; pero la gran pregunta es, ¿qué?».

La gran pregunta era, sin duda, ¿qué? Alicia miró a su alrededor, a las flores y a las briznas de hierba pero no pudo ver nada que le pareciera adecuado para comer o beber en aquellas circunstancias. Había un hongo que crecía cerca de ella, más o menos de su misma altura; y cuando lo miró por debajo, a ambos lados, y por detrás, se le ocurrió que también podría mirar a ver qué había en su parte superior.

Se estiró de puntillas y se asomó por encima del borde del hongo, y sus ojos se encontraron con los de una gran oruga azul, que estaba sentada en la parte superior con los brazos cruzados, fumando tranquilamente un narguile y sin prestarle atención a ella o a cualquier otra cosa.

CHAPTER V — ADVICE FROM A CATERPILLAR

The Caterpillar and Alice looked at each other for some time in silence: at last the Caterpillar took the hookah out of its mouth, and addressed her in a languid, sleepy voice. "Who are *you?*" said the Caterpillar.

This was not an encouraging opening for a conversation. Alice replied, rather shyly, "I—I hardly know, sir, just at present—at least I know who I was when I got up this morning, but I think I must have been changed several times since then."

"What do you mean by that?" said the Caterpillar sternly. "Explain yourself!"

"I can't explain *myself,* I'm afraid, sir," said Alice, "because I'm not

CAPÍTULO V – CONSEJOS DE UNA ORUGA

La oruga y Alicia se miraron por un momento en silencio... luego la oruga se sacó el narguile de la boca y se dirigió a ella con voz lánguida y soñolienta. «¿Quién eres *tú?*», dijo la Oruga

Esta no era una manera alentadora de iniciar una conversación y Alicia contestó con voz tímida: «Yo... yo, en este momento casi ni yo lo sé señor... al menos sé quién era cuando me levanté esta mañana, pero he cambiado varias veces desde entonces».

«¿Qué quieres decir con eso?», dijo la Oruga con desdén. «¡Explícate!».

«Lamentablemente no me puedo explicar *a mí misma*», dijo Alicia,

myself, you see."

"I don't see," said the Caterpillar.

"I'm afraid I can't put it more clearly," Alice replied very politely, "for I can't understand it myself to begin with; and being so many different sizes in a day is very confusing."

"It isn't," said the Caterpillar.

"Well, perhaps you haven't found it so yet," said Alice; "but when you have to turn into a chrysalis—you will some day, you know—and then after that into a butterfly, I should think you'll feel it a little queer, won't you?"

"Not a bit," said the Caterpillar.

"Well, perhaps your feelings may be different," said Alice; "all I know is, it would feel very queer to *me*."

"You!" said the Caterpillar contemptuously. "Who are *you?*"

Which brought them back again to the beginning of the conversation. Alice felt a little irritated at the Caterpillar's making such *very* short remarks, and she drew herself up and said, very gravely, "I think you ought to tell me who *you* are, first."

"Why?" said the Caterpillar.

Here was another puzzling question; and, as Alice could not think of any good reason, and as the Caterpillar seemed to be in a *very* unpleasant state of mind, she turned away.

"Come back!" the Caterpillar called after her. "I've something important to say!"

This sounded promising, certainly: Alice turned and came back again.

"Keep your temper," said the Caterpillar.

«porque ya no soy yo misma, señor».

«No entiendo», dijo la Oruga.

«Tristemente no puedo decirlo de manera más clara», respondió Alicia de manera educada, «yo misma no puedo entenderlo; y tener tantos tamaños distintos en un solo día es muy confuso».

«No lo es», dijo la Oruga.

«Bueno, quizá no lo entiendas así aún», dijo Alicia; «pero cuando tengas que convertirte en crisálida —lo cual algún día pasará, ya lo sabes— y luego en mariposa, creo que te vas a sentir rara, ¿no te parece?».

«Para nada», dijo la Oruga.

«Bueno, tal vez tus sentimientos son diferentes», dijo Alicia; «todo lo que sé es que a *mí* todo me parece muy raro».

«¡Tú!», dijo la Oruga despectivamente. «¿Quién eres *tú*?».

Lo que llevó la conversación de nuevo al principio. Alicia se sintió un poco molesta por el hecho de que la Oruga hiciera comentarios *tan* cortos, y se tranquilizó y dijo, muy seriamente: «Creo que primero deberías decirme quién eres *tú*».

«¿Por qué?», dijo la Oruga.

Otra pregunta confusa; y, como Alicia no podía pensar en ninguna buena razón, y como la Oruga parecía estar en un estado de ánimo *muy* desagradable, se dio la vuelta.

«¡Regresa!», le dijo la Oruga llamándola. «¡Tengo algo importante que decirte!».

En verdad, sonó prometedor... Alicia se giró y regresó de nuevo.

«Mantén la calma», dijo la Oruga.

"Is that all?" said Alice, swallowing down her anger as well as she could.

"No," said the Caterpillar.

Alice thought she might as well wait, as she had nothing else to do, and perhaps after all it might tell her something worth hearing. For some minutes it puffed away without speaking, but at last it unfolded its arms, took the hookah out of its mouth again, and said, "So you think you're changed, do you?"

"I'm afraid I am, sir," said Alice; "I can't remember things as I used—and I don't keep the same size for ten minutes together!"

"Can't remember *what* things?" said the Caterpillar.

"Well, I've tried to say '*How doth the little busy bee,*' but it all came different!" Alice replied in a very melancholy voice.

"Repeat '*You are old, Father William,*'" said the Caterpillar.

Alice folded her hands, and began:—

«¿Eso es todo?», dijo Alicia, tragándose su enfado lo que más pudo.

«No», dijo la Oruga.

Alicia pensó que debía esperar, ya que no tenía otra cosa que hacer, y quizás después de todo podría decirle algo valioso. Durante unos minutos estuvo resoplando sin hablar pero, por fin, dejó de cruzar los brazos, se sacó de nuevo el narguile de la boca y dijo: «Así que crees que has cambiado, ¿verdad?».

«Desafortunadamente, sí, señor», dijo Alicia; «ya no recuerdo las cosas como eran... ¡y no logro mantener el mismo tamaño durante diez minutos seguidos!».

«*¿Qué* cosas no recuerdas?», dijo la Oruga.

«¡Bueno, he intentado decir el poema *"¿Cómo le va a la pequeña abeja atareada"*, pero me ha salido todo distinto!», contestó Alicia con voz muy triste.

«Repite *"Eres viejo, Padre Guillermo"*», dijo la Oruga.

Alicia cruzó las manos y comenzó a decir:

"You are old, Father William," the young man said,
  "And your hair has become very white;
And yet you incessantly stand on your head—
  Do you think, at your age, it is right?"

"In my youth," Father William replied to his son,
  "I feared it might injure the brain;
But now that I'm perfectly sure I have none,
  Why, I do it again and again."

"You are old," said the youth, "as I mentioned before,
  And have grown most uncommonly fat;
Yet you turned a back-somersault in at the door—
  Pray, what is the reason of that?"

"In my youth," said the sage, as he shook his grey locks,
  "I kept all my limbs very supple
By the use of this ointment—one shilling the box—
  Allow me to sell you a couple?"

«Eres viejo, Padre Guillermo», le dijo el joven,
*   «y tu pelo se ha vuelto muy blanco;*
y sin embargo, te paras sin cesar sobre tu cabeza…
*   ¿Crees que, a tu edad, es lo correcto?».*

«En mi juventud», respondió el Padre Guillermo a su hijo,
*   «temía que pudiera lesionarme el cerebro;*
pero ahora que estoy seguro de que no tengo ninguno,
*   lo hago una y otra vez».*

«Eres viejo», dijo el joven, «como ya he mencionado antes,
*   y has engordado de forma poco común;*
sin embargo, diste un salto atrás en la puerta…
*   Por favor, dime, ¿cuál es la razón de ello?».*

«En mi juventud», dijo el sabio, y sacudía sus mechones grises,
*   «mantuve todos mis miembros muy flexibles*
mediante el uso de esta pomada —un chelín la caja—
*   ¿Me permites venderte un par?».*

"You are old," said the youth, "and your jaws are too weak
     For anything tougher than suet;
Yet you finished the goose, with the bones and the beak—
     Pray, how did you manage to do it?"

"In my youth," said his father, "I took to the law,
     And argued each case with my wife;
And the muscular strength, which it gave to my jaw,
     Has lasted the rest of my life."

«Eres viejo», dijo el joven, «y tus mandíbulas demasiado débiles
  para cualquier cosa más dura que el sebo;
sin embargo, acabaste con el ganso, con los huesos y el pico...
  Oye, ¿cómo te las arreglaste para hacerlo?».

«En mi juventud», dijo su padre, «me dediqué a la abogacía,
  y discutí cada caso con mi mujer;
y la fuerza muscular que le dio a mi mandíbula,
  me ha durado el resto de mi vida».

> *"You are old," said the youth; "one would hardly suppose*
> *That your eye was as steady as ever;*
> *Yet you balanced an eel on the end of your nose—*
> *What made you so awfully clever?"*
>
> *"I have answered three questions, and that is enough,"*
> *Said his father; "don't give yourself airs!*
> *Do you think I can listen all day to such stuff?*
> *Be off, or I'll kick you down stairs!"*

"That is not said right," said the Caterpillar.

"Not *quite* right, I'm afraid," said Alice, timidly; "some of the words have got altered."

"It is wrong from beginning to end," said the Caterpillar decidedly, and there was silence for some minutes.

The Caterpillar was the first to speak.

"What size do you want to be?" it asked.

"Oh, I'm not particular as to size," Alice hastily replied; "only one doesn't like changing so often, you know."

"I *don't* know," said the Caterpillar.

Alice said nothing: she had never been so much contradicted in all her life before, and she felt that she was losing her temper.

"Are you content now?" said the Caterpillar.

"Well, I should like to be a *little* larger, sir, if you wouldn't mind," said Alice: "three inches is such a wretched height to be."

"It is a very good height indeed!" said the Caterpillar angrily, rearing itself upright as it spoke (it was exactly three inches high).

«Eres viejo», dijo el joven; «uno difícilmente supondría
que tu mirada sea tan firme como siempre;
sin embargo, balanceabas una anguila en el extremo de tu nariz...
¿Qué te hizo tan terriblemente inteligente?».

«He respondido a tres preguntas, y eso es suficiente»,
dijo su padre; «¡no te des aires!
¿Crees que puedo escuchar todo el día cosas así?
¡Vete o te tiro por las escaleras!».

«Eso no suena bien», dijo la Oruga.

«Desafortunadamente no está *completamente* bien», dijo Alicia; «algunas palabras se han alterado».

«Está mal de principio a fin», dijo la Oruga, y hubo silencio durante unos minutos.

La Oruga fue la primera en hablar.

«¿De qué tamaño quieres ser?», le preguntó.

«Oh, no soy exigente en cuanto a la talla», respondió apresuradamente Alicia; «sólo que a una no le gusta cambiar constantemente, tú lo sabes».

«*No* lo sé», dijo la Oruga.

Alicia no dijo nada... nunca la habían contradicho tanto en toda su vida y sintió que perdía los modales.

«¿Estás contenta ahora?», dijo la Oruga.

«Bueno, si no te importa me gustaría ser un *poco* más alta, señor», dijo Alicia. «Tener tres pulgadas de altura es muy triste».

«¡De hecho es una altura muy buena!», dijo la Oruga con enfado e irguiéndose mientras hablaba (medía exactamente tres pulgadas de altura).

"But I 'm not used to it!" pleaded poor Alice in a piteous tone. And she thought to herself, "I wish the creatures wouldn't be so easily offended."

"You'll get used to it in time," said the Caterpillar; and it put the hookah into its mouth and began smoking again.

This time Alice waited patiently until it chose to speak again. In a minute or two the Caterpillar took the hookah out of its mouth and yawned once or twice, and shook itself. Then it got down off the mushroom, and crawled away into the grass, merely remarking as it went, "One side will make you grow taller, and the other side will make you grow shorter."

"One side of *what?* The other side of *what?*" thought Alice to herself.

"Of the mushroom," said the Caterpillar, just as if she had asked it aloud; and in another moment it was out of sight.

Alice remained looking thoughtfully at the mushroom for a minute, trying to make out which were the two sides of it; and, as it was perfectly round, she found this a very difficult question. However, at last she stretched her arms round it as far as they would go, and broke off a bit of the edge with each hand.

"And now which is which?" she said to herself, and nibbled a little of the right-hand bit to try the effect: the next moment she felt a violent blow underneath her chin; it had struck her foot!

She was a good deal frightened by this very sudden change, but she felt that there was no time to be lost, as she was shrinking rapidly; so she set to work at once to eat some of the other bit. Her chin was pressed so closely against her foot, that there was hardly room to open her mouth; but she did it at last, and managed to swallow a morsel of the lefthand bit.

***

"Come, my head's free at last!" said Alice in a tone of delight, which changed into alarm in another moment, when she found that her

«¡Pero, no estoy acostumbrada!», dijo la pobre Alicia en tono triste. Y pensó: «Ojalá las criaturas no se ofendieran tan fácilmente».

«Te acostumbrarás con el tiempo», dijo la Oruga; y se metió el narguile en la boca y empezó a fumar de nuevo.

Esta vez Alicia esperó tranquilamente hasta que decidió volver a hablar. Al cabo de uno o dos minutos, la Oruga se sacó el narguile de la boca, bostezó una o dos veces y se sacudió. Luego se bajó del hongo y se alejó arrastrándose por la hierba, limitándose a decir mientras se alejaba: «Un lado te hará crecer más y el otro te hará crecer menos».

«¿Un lado de *qué?* ¿Y el otro lado de *qué?*», pensó Alicia para sí.

«Del hongo», dijo la Oruga, como si lo hubiera preguntado en voz alta; y así se perdió de vista.

Alicia se quedó mirando pensativamente el hongo durante un minuto, intentando averiguar cuáles eran sus dos lados; y, como era perfectamente redondo, le resultó muy difícil. Sin embargo, al final estiró los brazos a su alrededor hasta donde alcanzaban y rompió un trozo del borde con cada mano.

«¿Y ahora cuál es cuál?», se dijo, y mordisqueó un poco del lado derecho para probar el efecto y al instante sintió un violento golpe bajo el mentón ¡le había dado en el pie!

Estaba muy asustada por este cambio tan repentino pero pensó que no había tiempo que perder, ya que se estaba encogiendo rápidamente; así que se puso de inmediato a comer un poco del otro lado. Tenía el mentón tan apretado contra el pie que apenas tenía espacio para abrir la boca; al final lo hizo y consiguió tragar un bocado del pedazo izquierdo.

***

«¡Vaya, por fin tengo la cabeza libre!», dijo Alicia muy alegre, y luego se alarmó cuando descubrió que sus hombros no se encontraban

shoulders were nowhere to be found: all she could see when she looked down, was an immense length of neck, which seemed to rise like a stalk out of a sea of green leaves that lay far below her.

"What *can* all that green stuff be?" said Alice. "And where *have* my shoulders got to? And oh, my poor hands, how is it I can't see you?" She was moving them about as she spoke, but no result seemed to follow, except a little shaking among the distant green leaves.

As there seemed to be no chance of getting her hands up to her head, she tried to get her head down to them, and was delighted to find that her neck would bend about easily in any direction, like a serpent. She had just succeeded in curving it down into a graceful zigzag, and was going to dive in among the leaves, which she found to be nothing but the tops of the trees under which she had been wandering, when a sharp hiss made her draw back in a hurry: a large pigeon had flown into her face, and was beating her violently with its wings.

"Serpent!" screamed the Pigeon.

"I'm *not* a serpent!" said Alice indignantly. "Let me alone!"

"Serpent, I say again!" repeated the Pigeon, but in a more subdued tone, and added with a kind of sob, "I've tried every way, and nothing seems to suit them!"

"I haven't the least idea what you're talking about," said Alice.

"I've tried the roots of trees, and I've tried banks, and I've tried hedges," the Pigeon went on, without attending to her; "but those serpents! There's no pleasing them!"

Alice was more and more puzzled, but she thought there was no use in saying anything more till the Pigeon had finished.

"As if it wasn't trouble enough hatching the eggs," said the Pigeon; "but I must be on the look-out for serpents night and day! Why, I haven't had a wink of sleep these three weeks!"

por ninguna parte. Todo lo que podía ver cuando miraba hacia abajo era una inmensa longitud de cuello, que parecía surgir como un tallo de un mar de hojas verdes que se extendía muy por debajo de ella.

«¿Qué *puede* ser toda esa cosa verde?», dijo Alicia. «¿Y dónde *tengo* mis hombros? Y, oh, mis pobres manos, ¿por qué no puedo verlas?». Las movía mientras hablaba pero no parecía obtener ningún resultado, salvo un pequeño temblor entre las lejanas hojas verdes.

Como no parecía haber ninguna posibilidad de llevarse las manos a la cabeza, intentó bajarla y se alegró al comprobar que su cuello se doblaba con facilidad en cualquier dirección, como una serpiente. Acababa de conseguir curvarlo hacia abajo en un gracioso zigzag e iba a zambullirse entre las hojas, que descubrió que no eran más que las copas de los árboles bajo los que había estado paseando, cuando un agudo silbido la hizo retroceder a toda prisa... una gran paloma había volado hacia su cara y la golpeaba violentamente con las alas.

«¡Serpiente!», gritó la Paloma.

«¡*No* soy una serpiente!», dijo Alicia indignada. «¡Déjame en paz!».

«¡Serpiente, repito!», dijo la Paloma, pero en un tono más apagado, y añadió con una especie de sollozo: «¡Lo he intentado de todas las maneras, y nada parece funcionar!».

«No tengo la menor idea de lo que estás hablando», dijo Alicia.

«He probado con las raíces de los árboles y con las riberas y con los setos», continuó la Paloma, sin prestarle atención; «¡pero a estas serpientes no hay forma de complacerlas!».

Alicia estaba cada vez más desconcertada y pensó que no tenía sentido decir nada hasta que la Paloma hubiera terminado.

«Como si no fuera suficiente problema incubar los huevos», dijo la Paloma; «¡debo estar al acecho de las serpientes noche y día! Vaya, ¡no he pegado el ojo en estas tres semanas!».

"I'm very sorry you've been annoyed," said Alice, who was beginning to see its meaning.

"And just as I'd taken the highest tree in the wood," continued the Pigeon, raising its voice to a shriek, "and just as I was thinking I should be free of them at last, they must needs come wriggling down from the sky! Ugh, Serpent!"

"But I'm *not* a serpent, I tell you!" said Alice. "I'm a—— I'm a——"

"Well! *What* are you?" said the Pigeon. "I can see you're trying to invent something!"

"I—I'm a little girl," said Alice, rather doubtfully, as she remembered the number of changes she had gone through that day.

"A likely story indeed!" said the Pigeon in a tone of the deepest contempt. "I've seen a good many little girls in my time, but never *one* with such a neck as that! No, no! You're a serpent; and there's no use denying it. I suppose you'll be telling me next that you never tasted an egg!"

"I *have* tasted eggs, certainly," said Alice, who was a very truthful child; "but little girls eat eggs quite as much as serpents do, you know."

"I don't believe it," said the Pigeon; "but if they do, why then they're a kind of serpent, that's all I can say."

This was such a new idea to Alice, that she was quite silent for a minute or two, which gave the Pigeon the opportunity of adding, "You're looking for eggs, I know *that* well enough; and what does it matter to me whether you're a little girl or a serpent?"

"It matters a good deal to *me*," said Alice hastily; "but I'm not looking for eggs, as it happens; and if I was, I shouldn't want *yours:* I don't like them raw."

"Well, be off, then!" said the Pigeon in a sulky tone, as it settled

«Siento mucho que eso te moleste», dijo Alicia, que empezaba a comprender lo que pasaba.

«Y justo cuando había subido el árbol más alto del bosque», continuó la paloma, elevando su voz hasta chillar, «y justo cuando pensaba que por fin me libraría de ellas, ¡se deslizan desde el cielo! ¡Uf, la Serpiente!».

«¡Pero te digo que *no* soy una serpiente!», dijo Alicia. «Soy una... soy una...».

«¡Bueno! *¿Qué* eres?», dijo la paloma. «¡Veo que intentas inventar algo!».

«Yo... yo soy una niña pequeña», dijo Alicia, algo confundida, al recordar la cantidad de cambios que había sufrido aquel día.

«¡Una historia poco probable!», dijo la Paloma con tono de desprecio. «¡He visto muchas niñas en mi vida, pero nunca *una* con un cuello como ése! ¡No, no! Eres una serpiente, y es inútil negarlo. Supongo que después me dirás que nunca has probado un huevo».

«Bueno, sí *he* probado los huevos», dijo Alicia, pues ella era una niña muy sincera; «pero las niñas comen huevos tanto como las serpientes, ¿sabes?».

«No lo creo», dijo la Paloma; «pero si lo hacen, entonces son una especie de serpiente, es todo lo que puedo decir».

Ésta era una idea tan nueva para Alicia que permaneció en silencio durante un minuto o dos, lo que dio a la Paloma la oportunidad de añadir: «Estás buscando huevos, *lo* sé muy bien; ¿y qué me importa a mí si eres una niña o una serpiente?».

«A *mí* me importa mucho», dijo Alicia; «pero, de hecho, no estoy buscando huevos; y si lo estuviera haciendo, no querría los *tuyos*... no me gustan los huevo crudos».

«¡Entonces, lárgate!», dijo la Paloma en tono molesto, mientras se

down again into its nest. Alice crouched down among the trees as well as she could, for her neck kept getting entangled among the branches, and every now and then she had to stop and untwist it. After a while she remembered that she still held the pieces of mushroom in her hands, and she set to work very carefully, nibbling first at one and then at the other, and growing sometimes taller and sometimes shorter, until she had succeeded in bringing herself down to her usual height.

It was so long since she had been anything near the right size, that it felt quite strange at first; but she got used to it in a few minutes, and began talking to herself, as usual. "Come, there's half my plan done now! How puzzling all these changes are! I'm never sure what I'm going to be, from one minute to another! However, I've got back to my right size: the next thing is, to get into that beautiful garden —how is that to be done, I wonder?" As she said this, she came suddenly upon an open place, with a little house in it about four feet high. "Whoever lives there," thought Alice, "it'll never do to come upon them *this* size: why, I should frighten them out of their wits!" So she began nibbling at the right-hand bit again, and did not venture to go near the house till she had brought herself down to nine inches high.

acomodaba de nuevo en su nido. Alicia se agazapó entre los árboles lo mejor que pudo, pues su cuello seguía enredándose entre las ramas y de vez en cuando tenía que parar y desenredarlo. Al cabo de un rato recordó que aún tenía los trozos de hongo en las manos y ejecutó la tarea con mucho cuidado. Comió primero uno y luego otro, haciéndose unas veces más alta y otras más baja, hasta que consiguió volver a su altura normal.

Hacía tanto tiempo que no tenía el tamaño adecuado que al principio se sintió bastante extraña; pero en pocos minutos se acostumbró, y empezó a hablar sola, como de costumbre. «¡Vamos, ya está la mitad de mi plan realizado! ¡Qué confusos son todos estos cambios! ¡Nunca estoy segura de lo que voy a ser! Sin embargo, he vuelto a mi tamaño correcto... lo siguiente es entrar en ese hermoso jardín... ¿cómo se hará eso? me pregunto». Mientras decía esto, se encontró con un lugar abierto, en el que había una casita de unos cuatro pies de alto. «Quien quiera que viva allí, no servirá de nada conocerlos con *este* tamaño», pensó Alicia, «pues, ¡los asustaría hasta hacerles perder la razón!». Así que empezó a mordisquear de nuevo el trozo de la derecha y no se aventuró a acercarse a la casa hasta que hubo bajado a nueve pulgadas de altura.

CHAPTER VI — PIG AND PEPPER

For a minute or two she stood looking at the house, and wondering what to do next, when suddenly a footman in livery came running out of the wood—(she considered him to be a footman because he was in livery: otherwise, judging by his face only, she would have called him a fish) —and rapped loudly at the door with his knuckles. It was opened by another footman in livery, with a round face, and large eyes like a frog; and both footmen, Alice noticed, had powdered hair that curled all over their heads. She felt very curious to know what it was all about, and crept a little way out of the wood to listen.

CAPÍTULO VI — CERDO Y PIMIENTA

Durante uno o dos minutos ella se quedó mirando la casa y preguntándose qué hacer cuando de repente un lacayo salió corriendo del bosque... (ella consideraba que era un lacayo porque vestía una librea... de lo contrario, a juzgar sólo por su rostro, lo habría llamado un pez...) y golpeó fuertemente la puerta con los nudillos. Abrió otro lacayo en librea, con la cara redonda y los ojos grandes como los de una rana; y ambos lacayos, notó Alicia, tenían el pelo empolvado y rizos que cubrían toda la cabeza. Sintió mucha curiosidad por saber de qué hablaban y se arrastró un poco para escuchar.

The Fish-Footman began by producing from under his arm a great letter, nearly as large as himself, and this he handed over to the other, saying, in a solemn tone, "For the Duchess. An invitation from the Queen to play croquet." The Frog-Footman repeated, in the same solemn tone, only changing the order of the words a little, "From the Queen. An invitation for the Duchess to play croquet."

Then they both bowed low, and their curls got entangled together.

Alice laughed so much at this, that she had to run back into the wood for fear of their hearing her; and when she next peeped out the Fish-Footman was gone, and the other was sitting on the ground near the door, staring stupidly up into the sky.

Alice went timidly up to the door, and knocked.

"There's no sort of use in knocking," said the Footman, "and that for two reasons. First, because I'm on the same side of the door as you are; secondly, because they're making such a noise inside, no one could possibly hear you." And certainly there *was* a most extraordinary noise going on within—a constant howling and sneezing, and every now and then a great crash, as if a dish or kettle had been broken to pieces.

"Please, then," said Alice, "how am I to get in?"

"There might be some sense in your knocking," the Footman went on, without attending to her, "if we had the door between us. For instance, if you were *inside*, you might knock, and I could let you out, you know." He was looking up into the sky all the time he was speaking, and this Alice thought decidedly uncivil. "But perhaps he can't help it," she said to herself; "his eyes are so *very* nearly at the top of his head. But at any rate he might answer questions.—How am I to get in?" she repeated, aloud.

"I shall sit here," the Footman remarked, "till to-morrow——"

At this moment the door of the house opened, and a large plate came skimming out, straight at the Footman's head: it just grazed his nose, and broke to pieces against one of the trees behind him.

El Lacayo-Pez sacó de su brazo una gran carta, casi tan grande como él mismo, y se la entregó al otro diciendo en tono solemne: «Para la Duquesa. Una invitación de la Reina para jugar al croquet». El Lacayo-Rana repitió en el mismo tono solemne, cambiando sólo un poco el orden de las palabras: «De la Reina. Una invitación para que la Duquesa juegue al croquet».

Entonces ambos se inclinaron y sus rizos se enredaron.

Alicia se rio tanto de esto que tuvo que volver al bosque por miedo a que la oyeran; y cuando se asomó de nuevo, el Lacayo-Pez ya no estaba y el otro estaba sentado en el suelo, cerca de la puerta, mirando como tonto al cielo.

Alicia se acercó tímidamente a la puerta y llamó.

«No sirve de nada llamar», dijo el Lacayo, «y eso es así por dos razones. Primero, porque estoy del mismo lado de la puerta que tú; segundo, porque dentro están haciendo tanto ruido que es imposible que alguien te oiga». Efectivamente adentro se *oía* un ruido demasiado fuerte... aullidos y estornudos constantes, y de vez en cuando un gran estruendo, como si se hubiera roto en pedazos un plato o una tetera.

«Por favor», dijo Alicia, «¿cómo puedo entrar?».

«Podría tener algún sentido que tú llamaras», dijo el Lacayo, sin prestarle mayor atención, «si tuviéramos la puerta entre nosotros. Por ejemplo, si estuvieras *dentro*, podrías llamar y yo podría dejarte salir». Miraba al cielo mientras hablaba y esto le pareció muy grosero a Alicia. «Tal vez no pueda evitarlo», pensó Alicia; «sus ojos están *demasiado* cerca de la parte superior de su cabeza. Pero de todas formas podría responder a las preguntas... ¿Cómo puedo entrar?», repitió en voz alta.

«Me sentaré aquí», respondió el Lacayo, «hasta mañana...».

En ese momento se abrió la puerta de la casa y salió volando un plato, directo a la cabeza del Lacayo... apenas le rozó la nariz y se hizo pedazos contra uno de los árboles que había detrás de él.

"——or next day, maybe," the Footman continued in the same tone, exactly as if nothing had happened.

"How am I to get in?" asked Alice again, in a louder tone.

"*Are* you to get in at all?" said the Footman. "That's the first question, you know."

It was, no doubt: only Alice did not like to be told so. "It's really dreadful," she muttered to herself, "the way all the creatures argue. It's enough to drive one crazy!"

The Footman seemed to think this a good opportunity for repeating his remark, with variations. "I shall sit here," he said, "on and off, for days and days."

"But what am *I* to do?" said Alice.

"Anything you like," said the Footman, and began whistling.

"Oh, there's no use in talking to him," said Alice desperately: "he's perfectly idiotic!" And she opened the door and went in.

The door led right into a large kitchen, which was full of smoke from one end to the other: the Duchess was sitting on a three-legged stool in the middle, nursing a baby; the cook was leaning over the fire, stirring a large cauldron which seemed to be full of soup.

"There's certainly too much pepper in that soup!" Alice said to herself, as well as she could for sneezing.

There was certainly too much of it in the air. Even the Duchess sneezed occasionally; and as for the baby, it was sneezing and howling alternately without a moment's pause. The only two creatures in the kitchen that did not sneeze, were the cook, and a large cat which was sitting on the hearth and grinning from ear to ear.

«...o tal vez, hasta pasado mañana», dijo el Lacayo en el mismo tono, como si nada hubiera pasado.

«¿Cómo puedo entrar?», volvió a preguntar Alicia, en un tono más alto.

«¿*Vas* a entrar de todos modos?», dijo el Lacayo. «Esa es la primera pregunta, tú sabes».

En realidad, sí lo era, sólo que a Alicia no le gustaba que se lo dijeran. «Esto es espantoso», murmuró para sí misma, «la forma en que discuten todas estas criaturas es suficiente para que una se enloquezca».

El Lacayo pareció pensar que ésta era una buena oportunidad para repetir su comentario, con algunos cambios. «Me sentaré aquí por varios días», dijo.

«Pero, ¿qué voy a hacer *yo?*», dijo Alicia.

«Lo que tú quieras», dijo el Lacayo, y empezó a silbar.

«Es inútil hablar con él», dijo Alicia desesperadamente... «¡es un perfecto tonto!». Y abrió la puerta y entró.

La puerta daba directamente a una cocina, que estaba llena de humo de extremo a extremo... la Duquesa estaba sentada en un taburete de tres patas en el centro, meciendo un bebé; la cocinera estaba inclinada sobre el fuego, removiendo un gran caldero que parecía estar lleno de sopa.

«¡Sin duda hay demasiada pimienta en esa sopa!», dijo Alicia, después de estornudar.

En realidad había demasiada pimienta en el aire. Incluso la Duquesa estornudaba de vez en cuando y, en cuanto al bebé, estornudaba y aullaba sin parar. Las dos únicas criaturas de la cocina que no estornudaban eran la cocinera y un gato que estaba sentado en el hogar y sonreía de oreja a oreja.

"Please would you tell me," said Alice, a little timidly, for she was not quite sure whether it was good manners for her to speak first, "why your cat grins like that?"

"It's a Cheshire cat," said the Duchess, "and that's why. Pig!"

She said the last word with such sudden violence that Alice quite jumped; but she saw in another moment that it was addressed to the baby, and not to her, so she took courage, and went on again:—

"I didn't know that Cheshire cats always grinned; in fact, I didn't know that cats *could* grin." "They all can," said the Duchess; "and most of 'em do."

"I don't know of any that do," Alice said very politely, feeling quite pleased to have got into a conversation.

"You don't know much," said the Duchess; "and that's a fact."

Alice did not at all like the tone of this remark, and thought it would

«Disculpa, ¿podrías decirme por qué tu gato sonríe así?», dijo Alicia, un poco tímida, pues no estaba muy segura de si era de buena educación que ella hablara primero.

«Porque es un gato de Cheshire... ¡Cerdo!», dijo la duquesa,

La última palabra fue tan violenta que Alicia retrocedió; pero al momento vio que iba dirigida al bebé y no a ella, así que se armó de valor y continuó diciendo:

«No sabía que los gatos de Cheshire siempre sonrieran; de hecho, no sabía que los gatos *pudieran* sonreír». «Todos pueden», dijo la Duquesa, «y la mayoría lo hacen».

«No conozco a ninguno que lo haga», dijo Alicia muy educadamente, sintiéndose muy satisfecha de haber entablado una conversación.

«El hecho es que tú no sabes mucho», dijo la Duquesa.

A Alicia no le gustó nada el tono de este comentario y pensó que se-

be as well to introduce some other subject of conversation. While she was trying to fix on one, the cook took the cauldron of soup off the fire, and at once set to work throwing everything within her reach at the Duchess and the baby—the fire-irons came first; then followed a shower of saucepans, plates, and dishes. The Duchess took no notice of them even when they hit her; and the baby was howling so much already, that it was quite impossible to say whether the blows hurt it or not.

"Oh, *please* mind what you're doing!" cried Alice, jumping up and down in an agony of terror. "Oh, there goes his *precious* nose!" as an unusually large saucepan flew close by it, and very nearly carried it off.

"If everybody minded their own business," the Duchess said in a hoarse growl, "the world would go round a deal faster than it does."

"Which would *not* be an advantage," said Alice, who felt very glad to get an opportunity of showing off a little of her knowledge. "Just think what work it would make with the day and night! You see the earth takes twenty-four hours to turn round on its axis——"

"Talking of axes," said the Duchess, "chop off her head!"

Alice glanced rather anxiously at the cook, to see if she meant to take the hint; but the cook was busily stirring the soup, and seemed not to be listening, so she went on again: "Twenty-four hours, I *think;* or is it twelve? I——"

"Oh, don't bother *me*," said the Duchess; "I never could abide fig-ures!" And with that she began nursing her child again, singing a sort of lullaby to it as she did so, and giving it a violent shake at the end of every line :—

> *"Speak roughly to your little boy.*
> *And beat him when he sneezes:*
> *He only does it to annoy,*
> *Because he knows it teases."*

ría mejor cambiar el tema de conversación. Mientras pensaba en qué decir, la cocinera retiró el caldero de la sopa del fuego y en seguida empezó a lanzar sobre la Duquesa y el bebé todas las cosas que tenía a su alcance... los atizadores fueron los primeros, luego siguió una lluvia de cacerolas, platos y fuentes. La Duquesa no les hizo caso ni siquiera cuando la golpearon, y el bebé aullaba tanto que era imposible saber si los golpes le hacían daño o no.

«¡Oh, *por favor,* cuidado con lo que haces!», gritó Alicia, saltando entre la agonía y el terror. «¡Oh, ahí va su *preciosa* nariz!», mientras una cacerola inusualmente grande pasaba cerca de ella y casi que la golpeaba.

«Si todo el mundo se ocupara de sus propios asuntos el mundo giraría mucho más rápido», dijo la Duquesa con un gruñido ronco.

«Pero esto *no* ayudaría en nada», dijo Alicia, contenta por tener la oportunidad de demostrar un poco de sus conocimientos. «¡Has pensado en la confusión que habría entre el día y la noche! Recuerda que la tierra tarda veinticuatro horas en girar sobre su eje...».

«Hablando de hachas, córtenle la cabeza». Dijo la Duquesa.

Alicia miró con cierta ansiedad a la cocinera, para ver si entendió el mensaje, pero la cocinera estaba removiendo afanosamente la sopa y parecía no estar escuchando, así que ella continuó: *«Creo* que son veinticuatro horas, ¿o son doce? Yo...».

«Oh, no me molestes a *mí,* no soporto hacer cuentas», dijo la Duquesa. Y con eso empezó a mecer a su hijo de nuevo, cantándole una especie de nana y dándole una violenta sacudida al final de cada línea:

«Háblale bruscamente a tu hijito.
Y golpéale cuando estornude...
sólo lo hace para molestar,
porque sabes que se burla».

> CHORUS.
> (In which the cook and the baby joined):—

> *"Wow! wow! wow!"*

While the Duchess sang the second verse of the song, she kept tossing the baby violently up and down, and the poor little thing howled so, that Alice could hardly hear the words:—

> *"I speak severely to my boy,*
> *I beat him when he sneezes;*
> *For he can thoroughly enjoy*
> *The pepper when he pleases!"*

> CHORUS.

> *"Wow! wow! wow!"*

"Here! you may nurse it a bit, if you like!" the Duchess said to Alice, flinging the baby at her as she spoke. "I must go and get ready to play croquet with the Queen," and she hurried out of the room. The cook threw a frying-pan after her as she went, but it just missed her.

Alice caught the baby with some difficulty, as it was a queer-shaped little creature, and held out its arms and legs in all directions, "just like a star-fish," thought Alice. The poor little thing was snorting like a steam-engine when she caught it, and kept doubling itself up and straightening itself out again, so that altogether, for the first minute or two, it was as much as she could do to hold it.

As soon as she had made out the proper way of nursing it, (which was to twist it up into a sort of knot, and then keep tight hold of its right ear and left foot, so as to prevent its undoing itself,) she carried it out into the open air. "If I don't take this child away with me," thought Alice, "they're sure to kill it in a day or two: wouldn't it be murder to leave it behind?" She said the last words out loud, and the little thing grunted in reply (it had left off sneezing by this time). "Don't grunt," said Alice; "that's not at all a proper way of expressing yourself."

CORO.
(Al que se unieron la cocinera y el bebé):

«¡Vaya! ¡Vaya! ¡Vaya!».

Mientras la Duquesa cantaba la segunda estrofa de la canción no dejaba de zarandear al bebé de arriba a abajo y el pobrecito lloraba tanto que Alicia apenas podía oír las palabras:

«Le hablo con severidad a mi hijo,
le golpeo cuando estornuda;
porque puede disfrutar plenamente
¡la pimienta cuando le plazca!».

CORO.

«¡Vaya! ¡Vaya! ¡Vaya!».

«¡Toma! Puedes mecerlo un poco, si quieres», le dijo la Duquesa a Alicia, arrojándole el bebé mientras hablaba. «Tengo que alistarme para jugar croquet con la Reina», y salió apresuradamente de la habitación. La cocinera lanzó una sartén tras ella mientras se iba pero no la alcanzó.

Alicia tomó al bebé con cierta dificultad, ya que era una criaturita de forma extraña, extendía los brazos y las piernas en todas direcciones, «igual que una estrella de mar», pensó Alicia. La pobre criatura resoplaba como una máquina de vapor y no dejaba de doblarse y enderezarse, así que durante el primer o segundo minuto todo lo que ella pudo hacer fue sostenerla a medias.

Cuando descubrió la forma correcta de mecerlo (que consistía en retorcerlo hasta hacerle una especie de nudo y luego sujetarlo con fuerza por la oreja derecha y el pie izquierdo, para evitar que se deshiciera por sí solo), lo sacó al aire libre. «Si no me llevo a este niño conmigo seguro que lo matarán en uno o dos días», pensó Alicia. «Oh, ¿será un asesinato dejarlo atrás?», dijo en voz alta y el pequeño gruñó en respuesta (ya había dejado de estornudar). «No gruñas, ésa no es una forma adecuada para expresarse», dijo Alicia.

The baby grunted again, and Alice looked very anxiously into its face to see what was the matter with it. There could be no doubt that it had a *very* turn-up nose, much more like a snout than a real nose; also its eyes were getting extremely small for a baby: altogether Alice did not like the look of the thing at all. "But perhaps it was only sobbing," she thought, and looked into its eyes again, to see if there were any tears.

No, there were no tears. "If you're going to turn into a pig, my dear," said Alice, seriously, "I'll have nothing more to do with you. Mind now!" The poor little thing sobbed again (or grunted, it was impossible to say which), and they went on for some while in silence.

El bebé volvió a gruñir y Alicia le miró a la cara para ver qué le pasaba. No había duda de que tenía la nariz *muy* respingona, en verdad parecía más un hocico que una nariz; también sus ojos se estaban haciendo extremadamente pequeños para ser un bebé... en conjunto, a Alicia no le gustaba su aspecto. «Pero tal vez sólo estaba lloriqueando», pensó ella, y volvió a mirarle a los ojos para ver si tenía lágrimas.

No, no había lágrimas. «Si vas a convertirte en un cerdo, querido, no te voy a sostener; ¡ya lo sabes!», dijo Alicia muy seria. El pobrecito volvió a llorar (o a gruñir, era imposible decir cuál de las dos cosas) y luego estuvo un rato en silencio.

Alice was just beginning to think to herself, "Now, what am I to do with this creature when I get it home?" when it grunted again, so violently, that she looked down into its face in some alarm. This time there could be *no* mistake about it: it was neither more nor less than a pig, and she felt that it would be quite absurd for her to carry it any further.

So she set the little creature down, and felt quite relieved to see it trot away quietly into the wood. "If it had grown up," she said to herself, "it would have made a dreadfully ugly child: but it makes rather a handsome pig, I think." And she began thinking over other children she knew, who might do very well as pigs, and was just saying to herself, "if one only knew the right way to change them——" when she was a little startled by seeing the Cheshire Cat sitting on a bough of a tree a few yards off.

The Cat only grinned when it saw Alice. It looked goodnatured, she thought: still it had *very* long claws and a great many teeth, so she felt that it ought to be treated with respect.

"Cheshire Puss," she began, rather timidly, as she did not at all know whether it would like the name: however, it only grinned a little wider. "Come, it's pleased so far," thought Alice, and she went on, "Would you tell me, please, which way I ought to go from here?"

"That depends a good deal on where you want to get to," said the Cat.

"I don't much care where——" said Alice.

"Then it doesn't matter which way you go," said the Cat.

"——so long as I get *somewhere*," Alice added as an explanation.

"Oh, you're sure to do that," said the Cat, "if you only walk long enough."

Alice felt that this could not be denied, so she tried another question. "What sort of people live about here?"

Alicia empezó a pensar: «Y ahora, ¿qué voy a hacer con esta criatura cuando vaya a casa?», y entonces el niño volvió a gruñir de manera violenta, a lo que ella bajó la mirada con cierta alarma. No había *ningún* error... era un cerdo, ni más ni menos, y ella sintió que sería muy absurdo seguir cargándolo.

Así que lo dejó en el suelo y se sintió bastante aliviada al ver cómo se alejó trotando hacia el bosque. «Si hubiera crecido habría sido un niño terriblemente feo... pero creo que es un cerdo bastante guapo», dijo Alicia. Y entonces se puso a pensar en los niños que conocía, a los que les iría muy bien como cerdos, y pensaba: «si una supiera la manera correcta de hacerlos cambiar...», cuando de repente vio al Gato de Cheshire sentado en la rama de un árbol a unas yardas de distancia.

El Gato sonrió cuando vio a Alicia. Se veía bonachón, con garras *muy* largas y una gran cantidad de dientes, por lo que Alicia consideró que debía ser tratado con respeto.

«Gato de Cheshire», dijo tímidamente porque no sabía en absoluto si le gustaría el nombre y el gato sólo sonrió un poco más. «Uff, hasta aquí está contento», pensó Alicia, y continuó: «¿podrías decirme por dónde debo seguir por favor?».

«Eso depende de dónde quieras llegar», dijo el Gato.

«En realidad no me importa donde...», dijo Alicia.

«Entonces no importa qué camino tomes», dijo el Gato.

«...solo quiero llegar a *alguna parte*», añadió Alicia en forma de explicación.

«Oh, claro que lo harás, si caminas lo suficiente», dijo el Gato.

Alicia no pudo contenerse, así que hizo otra pregunta. «¿Qué clase de gente vive por aquí?».

"In *that* direction," the Cat said, waving its right paw round, "lives a Hatter: and in *that* direction," waving the other paw, "lives a March Hare. Visit either you like: they're both mad."

"But I don't want to go among mad people," Alice remarked.

"Oh, you can't help that," said the Cat: "we're all mad here. I'm mad. You're mad."

"How do you know I'm mad?" said Alice.

«En *esa* dirección vive un Sombrerero», dijo el Gato apuntando con su pata derecha, «y en *esa* dirección vive una Liebre de Marzo», apuntando con la otra pata. «Cualquiera de los dos está loco».

«Pero no quiero andar entre locos», respondió Alicia.

«Bueno, eso no se puede evitar», dijo el Gato, «aquí todos estamos locos. Yo estoy loco. Tú estás loca».

«¿Cómo sabes que estoy loca?», dijo Alicia.

"You must be," said the Cat, "or you wouldn't have come here."

Alice didn't think that proved it at all; however, she went on: "And how do you know that you're mad?"

"To begin with," said the Cat, "a dog's not mad. You grant that?"

"I suppose so," said Alice.

"Well, then," the Cat went on, "you see a dog growls when it's angry, and wags its tail when it's pleased. Now *I* growl when I'm pleased, and wag my tail when I'm angry. Therefore I'm mad."

"*I* call it purring, not growling," said Alice.

"Call it what you like," said the Cat. "Do you play croquet with the Queen to-day?"

"I should like it very much," said Alice, "but I haven't been invited yet."

"You'll see me there," said the Cat, and vanished.

Alice was not much surprised at this, she was getting so well used to queer things happening. While she was still looking at the place where it had been, it suddenly appeared again.

"By-the-bye, what became of the baby?" said the Cat. "I'd nearly forgotten to ask."

"It turned into a pig," Alice answered very quietly, just as if the Cat had come back in a natural way.

"I thought it would," said the Cat, and vanished again. Alice waited a little, half expecting to see it again, but it did not appear, and after a minute or two she walked on in the direction in which the March Hare was said to live.

«Debes estarlo, de lo contrario no habrías venido aquí», dijo el Gato.

Alicia no estuvo de acuerdo, sin embargo continuó: «¿Y cómo sabes que tú estás loco?».

«Para empezar», dijo el Gato, «cuando un perro está loco, ¿lo reconoces?».

«Creo que sí», dijo Alicia.

«Pues bien», continuó el Gato, «un perro gruñe cuando está enfadado y mueve la cola cuando está contento. *Yo* gruño cuando estoy contento y muevo la cola cuando estoy enfadado. Por lo tanto estoy loco».

«*Yo* lo llamo ronronear, no gruñir», dijo Alicia.

«Llámalo como quieras», dijo el Gato. «¿Juegas hoy al croquet con la Reina?».

«Me encantaría pero no he sido invitada aún», dijo Alicia.

«Me verás allí», dijo el Gato, y desapareció.

Alicia esta vez no se sorprendió, ya estaba acostumbrada a que ocurrieran cosas extrañas. Continuó mirando el lugar, cuando el gato apareció de nuevo.

«Por cierto, ¿qué pasó con él bebe? Casi me olvido de preguntar», dijo el Gato.

«Se convirtió en cerdo», respondió Alicia en voz muy baja, como si la aparición del Gato hubiera sido natural.

«Eso imaginé», dijo el Gato, y volvió a desaparecer. Alicia esperó un poco a que volviera pero no apareció, y al cabo de un minuto o dos tomó la dirección en que se decía que vivía la Liebre de Marzo.

"I've seen hatters before," she said to herself: "the March Hare will be much the most interesting, and perhaps as this is May it won't be raving mad—at least not so mad as it was in March." As she said this, she looked up, and there was the Cat again, sitting on a branch of a tree.

"Did you say pig, or fig?" said the Cat.

"I said pig," replied Alice; "and I wish you wouldn't keep appearing and vanishing so suddenly: you make one quite giddy."

"All right," said the Cat; and this time it vanished quite slowly, beginning with the end of the tail, and ending with the grin, which remained some time after the rest of it had gone.

"Well! I've often seen a cat without a grin," thought Alice; "but a grin without a cat! It's the most curious thing I ever saw in all my life!"

She had not gone much farther before she came in sight of the house of the March Hare: she thought it must be the right house, because the chimneys were shaped like ears and the roof was thatched

«He visto sombrereros antes, así que la Liebre de Marzo debe ser más interesante y como estamos en mayo puede que no esté tan loco como podría estar en marzo», pensó Alicia. Mientras decía esto, levantó la mirada y allí estaba de nuevo el Gato, sentado en la rama de un árbol.

«¿Dijiste cerdo o higo?», dijo el Gato.

«He dicho cerdo», contestó Alicia, «y me gustaría que no siguieras apareciendo y desapareciendo de la nada, me causas vértigo».

«Está bien», dijo el Gato, y esta vez se desvaneció lentamente, empezando por el extremo de la cola y terminando por la sonrisa, que permaneció por un momento después de que el resto había desaparecido.

«¡Vaya! ¡He visto gatos sin sonrisa pero una sonrisa sin gato!», pensó Alicia. «Es la cosa más curiosa que he visto en toda mi vida».

No había avanzado mucho cuando pudo ver la casa de la Liebre de Marzo. Ella supuso que era la casa correcta, porque las chimeneas tenían forma de orejas y el tejado estaba cubierto de paja. Era una

with fur. It was so large a house, that she did not like to go nearer till she had nibbled some more of the left-hand bit of mushroom, and raised herself to about two feet high: even then she walked up towards it rather timidly, saying to herself, "Suppose it should be raving mad after all! I almost wish I'd gone to see the Hatter instead!"

casa tan grande que no se acercó hasta que comió un poco más del hongo y consiguió unos dos pies de altura. De todos modos caminó hacia ella con bastante timidez, diciéndose a sí misma: «¡Supongamos que está mas loco que una cabra... creo que debí haber ido a ver al Sombrerero mejor!».

CHAPTER VII — A MAD TEA-PARTY

There was a table set out under a tree in front of the house, and the March Hare and the Hatter were having tea at it: a Dormouse was sitting between them, fast asleep, and the other two were using it as a cushion, resting their elbows on it, and talking over its head. "Very uncomfortable for the Dormouse," thought Alice; "only, as it's asleep, I suppose it doesn't mind."

The table was a large one, but the three were all crowded together at one corner of it: "No room! No room!" they cried out when they saw Alice coming. "There's *plenty* of room!" said Alice indignantly, and she sat down in a large arm-chair at one end of the table.

"Have some wine," the March Hare said in an encouraging tone.

Alice looked all round the table, but there was nothing on it but tea. "I don't see any wine," she remarked.

"There isn't any," said the March Hare.

"Then it wasn't very civil of you to offer it," said Alice angrily.

"It wasn't very civil of you to sit down without being invited," said the March Hare.

"I didn't know it was *your* table," said Alice; "it's laid for a great many more than three."

"Your hair wants cutting," said the Hatter. He had been looking at Alice for some time with great curiosity, and this was his first speech.

"You should learn not to make personal remarks," Alice said with some severity: "it's very rude."

The Hatter opened his eyes very wide on hearing this; but all he *said* was, "Why is a raven like a writing-desk?"

"Come, we shall have some fun now!" thought Alice. "I'm glad

CAPÍTULO VII — UN LOCO TÉ

Había una mesa puesta bajo un árbol delante de la casa y la Liebre de Marzo y el Sombrerero estaban tomando el té; un Lirón estaba sentado entre ellos, profundamente dormido, y los otros dos lo utilizaban como cojín, apoyando los codos en él y hablando por encima de su cabeza. «Debe de ser muy incómodo para el Lirón, sólo que, como está dormido, supongo que ni le importa», pensó Alicia.

La mesa era grande pero los tres estaban apiñados en una esquina... «¡No hay sitio! ¡No hay sitio!», gritaron cuando vieron llegar a Alicia. «¡Hay sitio de *sobra!*», respondió Alicia indignada y se sentó en un gran sillón al otro lado de la mesa.

«Toma un poco de vino», dijo la Liebre de Marzo en tono alentador.

Alicia miró la mesa pero no había nada en ella excepto té. «No veo el vino», comentó.

«No hay», dijo la Liebre de Marzo.

«Entonces no es muy cortés ofrecerlo», dijo Alicia con enfado.

«No fue muy cortés de tu parte sentarte sin haber sido invitada», dijo la Liebre de Marzo.

«No sabía que era *tu* mesa, está puesta para muchos más que tres», respondió Alicia.

«Necesitas cortarte el pelo», dijo el Sombrerero. Llevaba un buen rato mirando a Alicia con gran curiosidad y ésta fue su primera intervención.

«Deberías aprender a no hacer comentarios personales, es de muy mala educación», dijo Alicia.

El Sombrerero abrió los ojos al oír esto; pero lo único que *dijo* fue: «¿Por qué los cuervos se parecen a los escritorios?».

«¡Vamos, es hora de divertirnos!», pensó Alicia. «Me alegro de que

they've begun asking riddles.—I believe I can guess that," she added aloud.

"Do you mean that you think you can find out the answer to it?" said the March Hare.

"Exactly so," said Alice.

"Then you should say what you mean," the March Hare went on.

"I do," Alice hastily replied; "at least—at least I mean what I say— that's the same thing, you know."

"Not the same thing a bit!" said the Hatter. "Why, you might just as well say that 'I see what I eat' is the same thing as 'I eat what I see'!"

"You might just as well say," added the March Hare, "that 'I like what I get' is the same thing as 'I get what I like'!"

"You might just as well say," added the Dormouse, who seemed to

hayan empezado a preguntar adivinanzas... Creo que puedo descifrarla», añadió en voz alta.

«¿Crees que puedes descubrir la respuesta?», dijo la Liebre de Marzo.

«Así es», dijo Alicia.

«Bueno di lo que quieres decir», continuó la Liebre de Marzo.

«Eso hago, al menos... al menos pienso lo que digo... y pues eso es lo mismo», respondió al instante Alicia.

«¡No es lo mismo!», dijo el Sombrerero. «¡Es como decir que "veo lo que como" y "como lo que veo" es lo mismo!».

«¡Entonces podríamos decir que "me gusta lo que recibo" es lo mismo que "recibo lo que me gusta"!», añadió la Liebre de Marzo.

«¡Y también podría decirse que "respiro cuando duermo" es lo

be talking in his sleep, "that 'I breathe when I sleep' is the same thing as 'I sleep when I breathe'!"

"It *is* the same thing with you," said the Hatter, and here the conversation dropped, and the party sat silent for a minute, while Alice thought over all she could remember about ravens and writing-desks, which wasn't much.

The Hatter was the first to break the silence. "What day of the month is it?" he said, turning to Alice: he had taken his watch out of his pocket, and was looking at it uneasily, shaking it every now and then, and holding it to his ear.

Alice considered a little, and said, "The fourth."

"Two days wrong!" sighed the Hatter. "I told you butter wouldn't suit the works!" he added, looking angrily at the March Hare.

"It was the *best* butter," the March Hare meekly replied.

"Yes, but some crumbs must have got in as well," the Hatter grumbled: "you shouldn't have put it in with the breadknife."

The March Hare took the watch and looked at it gloomily: then he dipped it into his cup of tea, and looked at it again: but he could think of nothing better to say than his first remark, "It was the *best* butter, you know."

Alice had been looking over his shoulder with some curiosity. "What a funny watch!" she remarked. "It tells the day of the month, and doesn't tell what o'clock it is!"

"Why should it?" muttered the Hatter. "Does *your* watch tell you what year it is?"

"Of course not," Alice replied very readily: "but that's because it stays the same year for such a long time together."

"Which is just the case with *mine*," said the Hatter.

mismo que "duermo cuando respiro"», comentó el Lirón, que parecía hablar en sueños.

«*Es* lo mismo para ti», dijo el Sombrerero, y aquí la conversación paró y los comensales se quedaron en silencio durante un minuto, mientras Alicia pensaba en todo lo que podía recordar sobre cuervos y escritorios, que en verdad no era mucho.

El Sombrerero fue el primero en romper el silencio. «¿Qué día del mes es hoy?», dijo, mirando a Alicia... sacó el reloj del bolsillo y lo miraba inquieto, sacudiéndolo de vez en cuando y acercándoselo a la oreja.

Alicia reflexionó un poco y dijo: «Hoy es 4».

«¡Dos días equivocados!», suspiró el Sombrerero. «¡Te dije que la mantequilla no le sentaría bien!», añadió, mirando con enfado a la Liebre de Marzo.

«Era la *mejor* mantequilla», respondió la Liebre de Marzo.

«Sí, pero también debieron entrar algunas migas», refunfuñó el Sombrerero... «no debiste meterla con el cuchillo de cortar pan».

La Liebre de Marzo cogió el reloj y lo miró... luego lo mojó en su taza de té y volvió a mirarlo... pero no se le ocurrió nada mejor que decir que su primer comentario: «Era la *mejor* mantequilla, ¿sabes?».

Alicia se quedó viendo algo por encima de su hombro con cierta curiosidad. Y entonces comentó: «¡Qué reloj tan curioso, dice el día del mes y no dice qué hora es!».

«¿Por qué debería de hacerlo? ¿Acaso *tu* reloj dice en qué año estamos?», respondió el Sombrerero.

«¡Claro que no! Pero es porque el año dura mucho tiempo», contestó Alicia con buen humor.

«Pues ese es *mi* caso», dijo el Sombrerero.

Alice felt dreadfully puzzled. The Hatter's remark seemed to her to have no sort of meaning in it, and yet it was certainly English. "I don't quite understand you," she said, as politely as she could.

"The Dormouse is asleep again," said the Hatter, and he poured a little hot tea on its nose.

The Dormouse shook its head impatiently, and said, without opening its eyes, "Of course, of course; just what I was going to remark myself."

"Have you guessed the riddle yet?" the Hatter said, turning to Alice again.

"No, I give it up," Alice replied: "what's the answer?"

"I haven't the slightest idea," said the Hatter.

"Nor I," said the March Hare.

Alice sighed wearily. "I think you might do something better with the time," she said, "than wasting it in asking riddles that have no answers."

"If you knew Time as well as I do," said the Hatter, "you wouldn't talk about wasting *it*. It's *him*."

"I don't know what you mean," said Alice.

"Of course you don't!" the Hatter said, tossing his head contemptuously. "I dare say you never even spoke to Time!"

"Perhaps not," Alice cautiously replied: "but I know I have to beat time when I learn music."

"Ah! that accounts for it," said the Hatter. "He won't stand beating. Now, if you only kept on good terms with him, he'd do almost anything you liked with the clock. For instance, suppose it were nine

Alicia se sintió terriblemente confundida. El comentario del Sombrerero le parecía que no tenía ningún tipo de sentido y, efectivamente hablaba el mismo idioma. «No logro entenderte», dijo, tan cortés como pudo.

«El Lirón está dormido otra vez», dijo el Sombrerero, y le sirvió un poco de té caliente en la nariz.

El Lirón sacudió la cabeza con impaciencia y dijo, sin abrir los ojos: «Claro, claro; justo lo que yo iba a decir».

«¿Resolviste la adivinanza?», dijo el Sombrerero mirando a Alicia.

«No, me rindo, ¿cuál es la respuesta?», dijo Alicia.

«No tengo la menor idea», dijo el Sombrerero.

«Yo tampoco», dijo la Liebre de Marzo.

Alicia suspiró agotada. «Creo que podrías usar mejor el tiempo que malgastarlo en preguntar adivinanzas que no tienen respuesta», dijo ella.

«Si conocieras el tiempo tan bien como yo, no hablarías de malgastar*lo*. El tiempo es *él*», dijo el Sombrerero.

«No te entiendo», dijo Alicia.

«¡Es claro que no entiendes!», dijo el Sombrerero, sacudiendo la cabeza despectivamente. «¡Me atrevería a decir que ni siquiera has hablado con el tiempo!».

«Quizá no, pero sé que tengo que marcar el tiempo cuando estudio música», respondió Alicia.

«¡Ah! Eso lo explica todo», dijo el Sombrerero. «El tiempo no soporta que lo marquen... Si tan sólo te mantuvieras en buenos términos con él, haría casi todo lo que quisieras con el reloj. Por ejemplo, su-

o'clock in the morning, just time to begin lessons: you'd only have to whisper a hint to Time, and round goes the clock in a twinkling! Half-past one, time for dinner!"

("I only wish it was," the March Hare said to itself in a whisper.)

"That would be grand, certainly," said Alice thoughtfully: "but then—I shouldn't be hungry for it, you know."

"Not at first, perhaps," said the Hatter: "but you could keep it to half-past one as long as you liked."

"Is that the way *you* manage?" Alice asked.

The Hatter shook his head mournfully. "Not I!" he replied. "We quarrelled last March——just before *he* went mad, you know——" (pointing with his teaspoon at the March Hare,) "——it was at the great concert given by the Queen of Hearts, and I had to sing

pongamos que fueran las nueve de la mañana, justo la hora de empezar las clases... ¡sólo tendrías que susurrarle una indirecta al tiempo y el reloj daría vueltas en un abrir y cerrar de ojos hasta que fueran la una y media, hora de cenar!».

(«Ojalá fuera así», dijo susurrando la Liebre de Marzo).

«Sería estupendo, pero entonces... a esa hora yo no tendría hambre», dijo Alicia pensativa.

«Al principio tal vez no, pero podrías quedarte en la una y media todo el tiempo que quisieras», dijo el Sombrerero.

«¿Es así como lo manejas *tú?*», preguntó Alicia.

El Sombrerero sacudió la cabeza con tristeza. «¡Oh, no!», respondió. «Nos peleamos el pasado marzo... justo antes de que *él* se volviera loco, tú sabes...» (señalando con su cucharilla a la Liebre de Marzo), «fue en el gran concierto ofrecido por la Reina de Corazones y yo tuve que cantar:

> *'Twinkle, twinkle, little bat!*
> *How I wonder what you're at!'*

You know the song, perhaps?"

"I've heard something like it," said Alice.

"It goes on, you know," the Hatter continued, "in this way:—

> *'Up above the world you fly,*
> *Like a teatray in the sky.*
> *Twinkle, twinkle————'"*

Here the Dormouse shook itself, and began singing in its sleep *"Twinkle, twinkle, twinkle, twinkle——"* and went on so long that they had to pinch it to make it stop.

"Well, I'd hardly finished the first verse," said the Hatter, "when the Queen bawled out, 'He's murdering the time! Off with his head!'"

"How dreadfully savage!" exclaimed Alice.

"And ever since that," the Hatter went on in a mournful tone, "he won't do a thing I ask! It's always six o'clock now."

A bright idea came into Alice's head. "Is that the reason so many tea-things are put out here?" she asked.

"Yes, that's it," said the Hatter with a sigh: "it's always teatime, and we've no time to wash the things between whiles."

"Then you keep moving round, I suppose?" said Alice.

"Exactly so," said the Hatter: "as the things get used up." "But when do you come to the beginning again?" Alice ventured to ask.

"Suppose we change the subject," the March Hare interrupted,

> *"¡Titila, titila, pequeño murciélago!*
> *¡Me pregunto en qué andas!"*

¿Por casualidad, conoces la canción?».

«He oído algo similar», dijo Alicia.

«La canción continúa», dijo el Sombrerero, «de esta manera:

> *"Por encima del mundo vuelas,*
> *Como una bandeja para el té en el cielo.*
> *Titila, titila..."»*

Y entonces el Lirón se sacudió y empezó a cantar dormido: «*Titila, titila, titila, titila...*», y lo hizo por tanto tiempo que tuvieron que pellizcarlo para que se callara.

«Y entonces cuando iba a terminar el primer verso, la Reina gritó: ¡Él está asesinando al tiempo! ¡Que le corten la cabeza!», dijo el Sombrerero.

«¡Qué terrible!», exclamó Alicia.

«¡Y desde entonces no hace nada de lo que le pido, ahora siempre son las seis», dijo el Sombrerero en tono triste.

Un pensamiento brillante vino a la cabeza de Alicia. «¿Será esa la razón por la que hay tantas cosas de té aquí?», preguntó.

«Así es, siempre es la hora del té, y no tenemos tiempo de lavar las cosas», dijo el Sombrerero con un suspiro.

«Entonces, supongo que por eso se van moviendo de sitio», dijo Alicia.

«Exactamente, a medida que las cosas se van usando», dijo el Sombrerero. «¿Pero, cuándo empiezan de nuevo?», se atrevió a preguntar Alicia.

«Qué tal si cambiamos de tema, me estoy cansando de esto. Voto

yawning. "I'm getting tired of this. I vote the young lady tells us a story."

"I'm afraid I don't know one," said Alice, rather alarmed at the proposal.

"Then the Dormouse shall!" they both cried. "Wake up, Dormouse!" And they pinched it on both sides at once.

The Dormouse slowly opened his eyes. "I wasn't asleep," he said in a hoarse, feeble voice: "I heard every word you fellows were saying."

"Tell us a story!" said the March Hare.

"Yes, please do!" pleaded Alice.

"And be quick about it," added the Hatter, "or you'll be asleep again before it's done."

"Once upon a time there were three little sisters," the Dormouse began in a great hurry; "and their names were Elsie, Lacie, and Tillie; and they lived at the bottom of a well——"

"What did they live on?" said Alice, who always took a great interest in questions of eating and drinking.

"They lived on treacle," said the Dormouse, after thinking a minute or two.

"They couldn't have done that, you know," Alice gently remarked: "they'd have been ill."

"So they were," said the Dormouse; "*very* ill."

Alice tried a little to fancy to herself what such an extraordinary way of living would be like, but it puzzled her too much, so she went on: "But why did they live at the bottom of a well?"

"Take some more tea," the March Hare said to Alice, very earnestly.

por que la joven nos cuente una historia», interrumpió la Liebre de Marzo bostezando.

«Lo lamento, no sé ninguna», dijo Alicia extrañada por la sugerencia.

«¡Entonces el Lirón lo hará!», gritaron los dos. «¡Despierta, Lirón!». Y lo pellizcaron por ambos lados a la vez.

El Lirón abrió lentamente los ojos. «No estaba dormido, oí todo lo que dijeron», dijo, con voz ronca y débil.

«¡Cuéntanos una historia!», dijo la Liebre de Marzo.

«¡Sí, por favor!», suplicó Alicia.

«Y apresúrate, o te quedarás dormido antes de terminar», añadió el Sombrerero.

«Había una vez tres hermanitas que se llamaban Elsie, Lacie y Tillie... y vivían en el fondo de un pozo...», empezó a contar el Lirón con mucha prisa.

«¿De qué vivían?», preguntó Alicia, que siempre se interesaba por las cuestiones relacionadas con la comida y la bebida.

«Vivían a base de melaza», dijo el Lirón, después de pensar por un minuto o dos.

«Pero no podrían, hubieran estado enfermas», comentó Alicia suavemente.

«Así era, estaban *muy* enfermas», dijo el Lirón.

Alicia intentó imaginarse un poco esa vida tan extraordinaria pero la desconcertaba mucho, así que preguntó: «Pero, ¿por qué vivían en el fondo de un pozo?».

«Toma un poco más de té», le dijo la Liebre de Marzo a Alicia, en tono serio.

"I've had nothing yet," Alice replied in an offended tone, "so I can't take more."

"You mean you can't take *less*," said the Hatter: "it's very easy to take *more* than nothing."

"Nobody asked *your* opinion," said Alice.

"Who's making personal remarks now?" the Hatter asked triumphantly.

Alice did not quite know what to say to this: so she helped herself to some tea and bread-and-butter, and then turned to the Dormouse, and repeated her question. "Why did they live at the bottom of a well?"

The Dormouse again took a minute or two to think about it, and then said, "It was a treacle-well."

"There's no such thing!" Alice was beginning very angrily, but the Hatter and the March Hare went "Sh! sh!" and the Dormouse sulkily remarked, "If you can't be civil, you'd better finish the story for yourself."

"No, please go on!" Alice said very humbly: "I won't interrupt you again. I dare say there may be *one*."

"One, indeed!" said the Dormouse indignantly. However, he consented to go on. "And so these three little sisters—they were learning to draw, you know——"

"What did they draw?" said Alice, quite forgetting her promise.

"Treacle," said the Dormouse, without considering at all this time.

"I want a clean cup," interrupted the Hatter: "let's all move one place on."

He moved on as he spoke, and the Dormouse followed him: the

«Aún no he tomado nada, así que no puedo tomar más», respondió Alicia con tono ofendido.

«Quieres decir que no puedes tomar *menos,* es muy fácil tomar *más* que nada», dijo el Sombrerero.

«Nadie ha pedido *tu* opinión», respondió Alicia.

«¿Y ahora quién está haciendo comentarios personales?», preguntó triunfante el Sombrerero.

Alicia no supo muy bien qué decir... así que se sirvió un poco de té y pan con mantequilla y luego se dirigió al Lirón y repitió su pregunta. «¿Por qué vivían en el fondo de un pozo?».

El Lirón volvió a tomarse uno o dos minutos para pensarlo y luego dijo: «Era un pozo de melaza».

«¡Eso no existe!», dijo Alicia muy enfadada, pero el Sombrerero y la Liebre de Marzo hicieron «¡sh! ¡sh!» y el Lirón comentó enfurruñado: «Si no te puedes comportar, será mejor que termines la historia tú misma».

«¡Oh, no, no, por favor continúa, no volveré a interrumpirte. Bueno, tal vez *una* vez más y ya», dijo Alicia humildemente.

«¡Una, desde luego!», dijo indignado el Lirón. Sin embargo, aceptó continuar. «Y así las tres hermanitas... estaban aprendiendo a dibujar, ¿sabes?».

«¿Qué dibujaban?», dijo Alicia, olvidando por completo su promesa.

«Melaza», dijo el Lirón, sin pensárselo dos veces en esta ocasión.

«Quiero una taza limpia, cambiémonos todos de lugar», interrumpió el Sombrerero.

Cambió de lugar mientras hablaba y el Lirón le siguió... la Liebre

March Hare moved into the Dormouse's place, and Alice rather un-willingly took the place of the March Hare. The Hatter was the only one who got any advantage from the change: and Alice was a good deal worse off than before, as the March Hare had just upset the milk-jug into his plate.

Alice did not wish to offend the Dormouse again, so she began very cautiously: "But I don't understand. Where did they draw the treacle from?"

"You can draw water out of a water-well," said the Hatter; "so I should think you could draw treacle out of a treaclewell—eh, stupid?"

"But they were *in* the well," Alice said to the Dormouse, not choos-ing to notice this last remark.

"Of course they were," said the Dormouse,—"well in."

This answer so confused poor Alice, that she let the Dormouse go on for some time without interrupting it.

"They were learning to draw," the Dormouse went on, yawning and rubbing its eyes, for it was getting very sleepy; "and they drew all manner of things—everything that begins with an M——"

"Why with an M?" said Alice.

"Why not?" said the March Hare.

Alice was silent.

The Dormouse had closed its eyes by this time, and was going off into a doze; but, on being pinched by the Hatter, it woke up again with a little shriek, and went on: "——that begins with an M, such as mouse-traps, and the moon, and memory, and muchness—you know you say things are 'much of a muchness'—did you ever see such a thing as a drawing of a muchness?"

"Really, now you ask me," said Alice, very much confused, "I don't think——"

de Marzo pasó al lugar del Lirón y Alicia, más bien de mala gana, ocupó el lugar de la Liebre de Marzo. El Sombrerero fue el único que sacó alguna ventaja del cambio... Alicia estaba en condiciones mucho peores que antes porque la Liebre de Marzo había volcado la jarra de leche en su plato.

Alicia no quería ofender de nuevo al Lirón, así que cautelosamente preguntó: «Pero no lo entiendo. ¿De dónde salía la melaza?».

«Si puedes sacar agua de un pozo de agua, imagina sacar melaza de un pozo de melaza... ¿eres tonta?», dijo el Sombrerero;

«Pero estaban *en* el pozo», le dijo Alicia al Lirón, sin escuchar esta última observación.

«Claro que sí, estaban bien empozadas», dijo el Lirón.

Esta respuesta confundió tanto a la pobre Alicia, que dejó que el Lirón continuara durante un buen tiempo sin interrumpirlo.

«Estaban aprendiendo a dibujar», continuó el Lirón, bostezando y frotándose los ojos, pues le estaba dando mucho sueño; «y dibujaban todo tipo de cosas... todo lo que empezaba con M...».

«¿Por qué con M?», preguntó Alicia.

«¿Y por qué no?», dijo la Liebre de Marzo.

Alicia se quedó callada.

Para ese momento el Lirón había cerrado los ojos y se estaba quedando dormido pero, al ser pellizcado por el Sombrerero, se despertó de nuevo con un grito y continuó: «... que empezaba con M, como los mata ratones, la fase menguante de la luna, la memoria y la magnitud. ¿Sabes qué es la magnitud...? ¿has visto alguna vez un dibujo de la magnitud?».

«La verdad ahora que me lo preguntas creo que no...», dijo Alicia confundida.

"Then you shouldn't talk," said the Hatter.

This piece of rudeness was more than Alice could bear: she got up in great disgust, and walked off; the Dormouse fell asleep instantly, and neither of the others took the least notice of her going, though she looked back once or twice, half hoping that they would call after her: the last time she saw them, they were trying to put the Dormouse into the teapot.

"At any rate I'll never go *there* again!" said Alice as she picked her way through the wood. "It's the stupidest teaparty I ever was at in all my life?"

Just as she said this, she noticed that one of the trees had a door leading right into it. "That's very curious!" she thought. "But everything's curious to-day. I think I may as well go in at once." And in she went.

Once more she found herself in the long hall, and close to the little

«Entonces, silencio», dijo el Sombrerero.

Alicia no pudo soportar ese acto tan grosero, se levantó muy disgustada y se marchó. El Lirón se durmió y ninguno de ellos notó que Alicia se fue. Ella miró hacia atrás una o dos veces, esperando a medias que la llamaran. La última vez que los vio estaban intentando meter al Lirón en la tetera.

«¡En todo caso, nunca más volveré *allí!*», dijo Alicia mientras entraba al bosque. «Es el té más tonto en el que he estado en toda mi vida...».

Justo cuando dijo esto, se dio cuenta de que uno de los árboles tenía una puerta. «¡Qué curioso!», pensó ella. «Bueno, hoy todo es curioso así que será mejor que entre enseguida». Y entró.

Una vez más estaba en el largo vestíbulo cerca de la mesita de cris-

glass table. "Now, I'll manage better this time," she said to herself, and began by taking the little golden key, and unlocking the door that led into the garden. Then she set to work nibbling at the mushroom (she had kept a piece of it in her pocket) till she was about a foot high: then she walked down the little passage: and *then*—she found herself at last in the beautiful garden, among the bright flower-beds and the cool fountains.

tal. «Esta vez voy a hacer las cosas mejor», se dijo a sí misma, y empezó por coger la pequeña llave dorada y abrir la puerta que daba al jardín. Luego de eso comió un poco de hongo (que había guardado en el bolsillo) hasta que tuvo un pie de altura. Después caminó por el pequeño pasadizo y *entonces*... por fin ella se encontró en el hermoso jardín, entre brillantes parterres y frescas fuentes.

A large rose-tree stood near the entrance of the garden: the roses growing on it were white, but there were three gardeners at it, busily painting them red. Alice thought this a very curious thing, and she went nearer to watch them, and just as she came up to them she heard one of them say, "Look out now. Five! Don't go splashing paint over me like that!"

"I couldn't help it," said Five, in a sulky tone; "Seven jogged my elbow."

On which Seven looked up and said, "That's right, Five! Always lay the blame on others!"

CAPÍTULO VIII —EL CAMPO DE CROQUET DE LA REINA

Un gran rosal se levantaba cerca de la entrada del jardín... las rosas que crecían eran blancas pero había tres jardineros pintándolas afanosamente de rojo. A Alicia esto le pareció muy curioso y se acercó para observarlos, y justo cuando se acercó oyó que uno de ellos dijo: «¡Cuidado, Cinco! No vayas a salpicarme con pintura».

«No pude evitarlo, Siete me movió el codo», dijo Cinco, en tono enojado.

Entonces Siete levantó la vista y dijo: «¡Eso es Cinco! Siempre echándole la culpa a los demás!».

"*You'd* better not talk!" said Five. "I heard the Queen say only yesterday you deserved to be beheaded!" "What for?" said the one who had spoken first.

"That's none of *your* business, Two!" said Seven.

"Yes, it *is* his business!" said Five, "and I'll tell him—it was for bringing the cook tulip-roots instead of onions."

Seven flung down his brush, and had just begun, "Well, of all the unjust things—" when his eye chanced to fall upon Alice, as she stood watching them, and he checked himself suddenly: the others looked round also, and all of them bowed low.

"Would you tell me, please," said Alice, a little timidly, "why you are painting those roses?"

Five and Seven said nothing, but looked at Two. Two began, in a low voice, "Why, the fact is, you see, Miss, this here ought to have been a *red* rose-tree, and we put a white one in by mistake; and if the Queen was to find it out, we should all have our heads cut off, you know. So you see, Miss, we're doing our best, afore she comes, to—" At this moment Five, who had been anxiously looking across the garden, called out "The Queen! The Queen!" and the three gardeners instantly threw themselves flat upon their faces. There was a sound of many footsteps, and Alice looked round, eager to see the Queen.

First came ten soldiers carrying clubs; these were all shaped like the three gardeners, oblong and flat, with their hands and feet at the corners: next the ten courtiers; these were ornamented all over with diamonds, and walked two and two, as the soldiers did. After these came the royal children; there were ten of them, and the little dears came jumping merrily along hand in hand, in couples: they were all ornamented with hearts. Next came the guests, mostly Kings and Queens, and among them Alice recognised the White Rabbit: it was talking in a hurried nervous manner, smiling at everything that was said, and went by without noticing her. Then followed the Knave of Hearts, carrying the King's crown on a crimson velvet cushion; and, last of all this grand procession, came THE KING AND QUEEN OF HEARTS.

«¡Será mejor que *tú* no hables!», dijo Cinco. «¡Ayer oí a la Reina decir que merecías ser decapitado!». «¿Por qué?», dijo el que había hablado primero.

«¡Eso no es *tu* problema, Dos!», dijo Siete.

«¡Sí, *es* tu problema!», dijo Cinco, «y lo es... porque le trajiste raíces de tulipán en vez de cebollas a la cocinera».

Siete dejó caer su pincel y empezó a decir: «Bueno, de todas las cosas injustas...», cuando por casualidad vio a Alicia, que estaba a su lado mirándolos, y se quedó callado repentinamente... Los demás miraron a su alrededor y todos se inclinaron.

«¿Podrías decirme, por qué están pintando esas rosas, por favor?», preguntó Alicia, tímidamente.

Cinco y Siete no dijeron nada, pero miraron a Dos. Dos comenzó a decir en voz baja: «Bueno, el hecho es que, verás, Señorita, esto de aquí debería haber sido un rosal *rojo*, y pusimos uno blanco por error; y si la Reina lo descubre, nos cortará la cabeza a todos. Así que ya ves, Señorita, estamos haciendo todo lo posible antes de que ella venga para...». En ese momento Cinco, que había estado mirando cuidadosamente hacia el jardín gritó: «¡La Reina! ¡La Reina!», y los tres jardineros se echaron de bruces al instante. Se oyeron muchos pasos y Alicia miró a su alrededor, deseosa de ver a la Reina.

Primero llegaron diez soldados que cargaban garrotes... todos tenían la forma de los tres jardineros, oblongos y planos, con las manos y los pies en las esquinas... luego vinieron los diez cortesanos; estaban adornados de arriba a abajo con diamantes y caminaban de dos en dos como lo hacían los soldados. Después de éstos, vinieron los hijos de la realeza; eran diez y los muy queridos venían saltando alegremente de la mano, en parejas... todos estaban adornados con corazones. A continuación llegaron los invitados, en su mayoría Reyes y Reinas, y entre ellos Alicia reconoció al Conejo Blanco... él hablaba de manera apresurada y nerviosa, sonriendo ante todo lo que se decía, y pasó de largo sin notarla. Luego siguió la Sota de Corazones, llevando la corona del Rey sobre un cojín de terciopelo carmesí; y, al final de toda esta gran procesión, llegaron EL REY Y LA REINA DE

Alice was rather doubtful whether she ought not to lie down on her face like the three gardeners, but she could not remember ever having heard of such a rule at processions; "and besides, what would be the use of a procession," thought she, "if people had all to lie down on their faces, so that they couldn't see it?" So she stood where she was, and waited.

When the procession came opposite to Alice, they all stopped and looked at her, and the Queen said severely, "Who is this?" She said it to the Knave of Hearts, who only bowed and smiled in reply.

"Idiot!" said the Queen, tossing her head impatiently; and, turning to Alice, she went on, "What's your name, child?"

"My name is Alice, so please your Majesty," said Alice very politely; but she added, to herself, "Why, they're only a pack of cards, after all. I needn't be afraid of them!"

"And who are *these?*" said the Queen, pointing to the three gardeners who were lying round the rose-tree; for you see, as they were lying on their faces, and the pattern on their back was the same as the rest of the pack, she could not tell whether they were gardeners, or soldiers, or courtiers, or three of her own children.

"How should *I* know?" said Alice, surprised at her own courage. "It's no business of *mine.*"

The Queen turned crimson with fury, and, after glaring at her for a moment like a wild beast, began screaming, "Off with her head! Off—"

"Nonsense!" said Alice, very loudly and decidedly, and the Queen was silent.

The King laid his hand upon her arm, and timidly said, "Consider, my dear: she is only a child!"

The Queen turned angrily away from him, and said to the Knave, "Turn them over!"

CORAZONES.

Alicia estaba indecisa sobre si debía o no inclinarse como los tres jardineros, pero no recordaba haber oído nunca esa norma en las procesiones; «además, ¿de qué servía una procesión si la gente tenía que inclinarse y no ver a la persona?», pensó ella. Así que se quedó donde estaba y esperó.

Cuando la procesión llegó frente a Alicia, todos se detuvieron y la miraron, y la Reina dijo de manera severa, «¿Quién es ésta?». Se lo dijo a la Sota de Corazones, que sólo se inclinó y sonrió en respuesta.

«¡Idiota!», dijo la Reina, moviendo la cabeza con impaciencia; y, dirigiéndose hacia Alicia preguntó: «¿Cómo te llamas, niña?».

«Me llamo Alicia, para servirte, su Majestad», respondió Alicia educadamente; pero añadió, para sí misma: «Bueno, después de todo sólo son una baraja de cartas. No tengo por qué tenerles miedo».

«¿Y *éstos* quiénes son?», dijo la Reina señalando a los tres jardineros que estaban tumbados alrededor del rosal; como estaban acostados boca abajo, y el diseño en su espalda era el mismo que el resto de la baraja, no podía distinguir si eran jardineros, o soldados, o cortesanos, o tres de sus propios hijos.

«¿Cómo voy a saberlo *yo*?», dijo Alicia, sorprendida de su propia valentía. «No es asunto *mío*».

La Reina se puso roja de la furia y, después de mirarla como una fiera, empezó a gritar: «¡Que le corten la cabeza! ¡Que...».

«¡Tonterías!», dijo Alicia, en voz muy alta, y la Reina se quedó callada.

El Rey le puso la mano en el brazo y le dijo suavemente: «¡Considérala querida... es sólo una niña!».

La Reina se apartó enojada y le dijo a la Sota: «¡Dales la vuelta!».

The Knave did so, very carefully, with one foot.

"Get up!" said the Queen in a shrill, loud voice, and the three gardeners instantly jumped up, and began bowing to the King, the Queen, the royal children, and everybody else.

"Leave off that!" screamed the Queen. "You make me giddy." And then, turning to the rose-tree, she went on, "What *have* you been doing here?"

"May it please your Majesty," said Two, in a very humble tone, going down on one knee as he spoke, "we were trying—"

La Sota lo hizo, con mucho cuidado, con un pie.

«¡Levántense!», dijo la Reina, con voz aguda y fuerte, y los tres jardineros se levantaron al instante y comenzaron a hacer reverencias al Rey, a la Reina, a los niños reales y a todos los demás.

«¡Dejen de hacer eso!», gritó la Reina. «Me marean». Y luego, mirando hacia el rosal continuó: «¿Qué *han* estado haciendo aquí?».

«Si le place a su Majestad», dijo Dos, en un tono muy humilde, arrodillándose mientras hablaba, «estábamos intentando...».

"*I* see!" said the Queen, who had meanwhile been examining the roses. "Off with their heads!" and the procession moved on, three of the soldiers remaining behind to execute the unfortunate gardeners, who ran to Alice for protection.

"You shan't be beheaded!" said Alice, and she put them into a large flower-pot that stood near. The three soldiers wandered about for a minute or two, looking for them, and then quietly marched off after the others.

"Are their heads off?" shouted the Queen.

"Their heads are gone, if it please your Majesty!" the soldiers shouted in reply.

"That's right!" shouted the Queen. "Can you play croquet?"

The soldiers were silent, and looked at Alice, as the question was evidently meant for her.

"Yes!" shouted Alice.

"Come on, then!" roared the Queen, and Alice joined the procession, wondering very much what would happen next.

"It's—it's a very fine day!" said a timid voice at her side. She was walking by the White Rabbit, who was peeping anxiously into her face.

"Very," said Alice:—"where's the Duchess?"

"Hush! hush!" said the Rabbit in a low, hurried tone. He looked anxiously over his shoulder as he spoke, and then raised himself upon tiptoe, put his mouth close to her ear, and whispered, "She's under sentence of execution."

"What for?" said Alice.

"Did you say, 'What a pity!'?" the Rabbit asked.

«¡*Yo* lo veo muy bien!», dijo la Reina, mientras examinaba las rosas. «¡Que les corten la cabeza!», y la procesión continuó andando, quedándose tres de los soldados para ejecutar a los desafortunados jardineros, que corrieron hacia Alicia en busca de protección.

«¡No los decapitarán!», dijo Alicia, y los metió en una gran maceta que estaba cerca. Los tres soldados deambularon durante un minuto o dos buscándolos y luego se marcharon tranquilamente tras los demás.

«¿Les han quitado la cabeza?», gritó la Reina.

«¡Sus cabezas se han ido su Majestad!», respondieron los soldados a gritos.

«¡Así me gusta!», gritó la Reina. «¿Sabes jugar al croquet?»

Los soldados guardaron silencio y miraron a Alicia, ya que la pregunta evidentemente era para ella.

«¡Sí!», gritó Alicia.

«¡Entonces, vamos!», rugió la Reina, y Alicia se unió a la procesión, preguntándose qué pasaría después.

«¡Es... es un día muy bonito!», dijo una tímida voz. Ella caminaba al lado del Conejo Blanco, que miraba ansiosamente su cara.

«Muy bonito», dijo Alicia: «¿Dónde está la Duquesa?».

«¡Sh! ¡Sh!», dijo el Conejo en tono bajo y apresurado. Él miró ansiosamente por encima de su hombro mientras hablaba y luego se puso de puntillas, acercó la boca a su oído y susurró: «Está condenada a muerte».

«¿Por qué la condena?», dijo Alicia.

«¿Dijiste "¡Qué pena!"?», preguntó el Conejo.

"No, I didn't," said Alice: "I don't think it's at all a pity. I said 'What for?'"

"She boxed the Queen's ears—" the Rabbit began. Alice gave a little scream of laughter. "Oh, hush!" the Rabbit whispered in a frightened tone. "The Queen will hear you! You see she came rather late, and the Queen said—"

"Get to your places!" shouted the Queen in a voice of thunder, and people began running about in all directions, tumbling up against each other: however, they got settled down in a minute or two, and the game began.

«No, no lo hice», dijo Alicia… «No creo que sea una pena. Dije "¿Por qué la condena?"».

«Ella le dio un golpe en la oreja a la Reina…», dijo el Conejo. Alicia soltó una pequeña risa. «¡Sh, silencio!», susurró el Conejo en tono asustado. «¡La Reina te oirá! Ya ves, ella llegó bastante tarde, y la Reina dijo…».

«¡A sus puestos!», gritó la Reina con voz de trueno, y la gente empezó a correr en todas las direcciones, chocando unos contra otros… pero mismo así se acomodaron en un minuto o dos y empezó el juego.

Alice thought she had never seen such a curious croquetground in her life: it was all ridges and furrows; the croquet-balls were live hedgehogs, and the mallets live flamingoes, and the soldiers had to double themselves up and stand on their hands and feet, to make the arches.

The chief difficulty Alice found at first was in managing her flamingo: she succeeded in getting its body tucked away, comfortably enough, under her arm, with its legs hanging down, but generally, just as she had got its neck nicely straightened out, and was going to give the hedgehog a blow with its head, it *would* twist itself round and look up in her face, with such a puzzled expression that she could not help bursting out laughing: and when she had got its head down, and was going to begin again, it was very provoking to find that the hedgehog had unrolled itself, and was in the act of crawling away: besides all this, there was generally a ridge or a furrow in the way wherever she wanted to send the hedgehog to, and, as the doubled-up soldiers were always getting up and walking off to other parts of the ground, Alice soon came to the conclusion that it was a very difficult game indeed.

The players all played at once without waiting for turns, quarrelling all the while, and fighting for the hedgehogs; and in a very short time the Queen was in a furious passion, and went stamping about, and shouting, "Off with his head!" or "Off with her head!" about once in a minute.

Alice began to feel very uneasy: to be sure, she had not as yet had any dispute with the Queen, but she knew that it might happen any minute, "and then," thought she, "what would become of me? They're dreadfully fond of beheading people here; the great wonder is, that there's any one left alive!"

She was looking about for some way of escape, and wondering whether she could get away without being seen, when she noticed a curious appearance in the air: it puzzled her very much at first, but after watching it a minute or two she made it out to be a grin, and she said to herself, "It's the Cheshire Cat: now I shall have somebody to talk to."

Alicia pensó que nunca había visto un campo de croquet tan curioso como ése en su vida: estaba lleno de crestas y surcos; las bolas de croquet eran erizos vivos y los mazos eran flamencos vivos y los soldados tenían que doblarse y pararse sobre manos y pies para formar los arcos.

La principal dificultad que Alicia encontró fue la de manejar a su flamenco... consiguió acomodar su cuerpo bajo el brazo, con las patas colgando, pero justo cuando conseguía alinear bien el cuello del flamenco y estaba a punto de golpear al erizo con su cabeza, éste se *giraba* y la miraba con una expresión tan confundida que ella no podía evitar reír a carcajadas... y cuando bajaba la cabeza e iba a empezar de nuevo, resultaba muy frustrante ver que el erizo se había desenrollado y estaba intentando escapar... además de todo esto, siempre había una cresta o un surco en el camino por donde quería dirigir al erizo y, como los soldados doblados siempre se levantaban y se iban a otras partes del campo, Alicia pronto llegó a la conclusión de que era un juego realmente difícil.

Los jugadores jugaban al mismo tiempo sin esperar turnos, discutiendo en todo momento y peleándose por los erizos; y en muy poco tiempo la Reina se puso furiosa y comenzó a dar pisotones y a gritar: «¡Que le corten la cabeza a él!» o «¡que le corten la cabeza a ella!», aproximadamente una vez por minuto.

Alicia empezó a sentirse muy incómoda... por supuesto, todavía no había tenido ningún problema con la Reina, pero sabía que podría ocurrir en cualquier momento, «y entonces», pensó, «¿qué será de mí? Aquí les encanta decapitar a la gente; ¡lo sorprendente es que quede alguien vivo!».

Empezó a buscar alguna forma de escapar y se estaba preguntando si podría huir sin ser vista cuando notó una curiosa aparición en el aire... al principio la confundió mucho, pero después de observarla uno o dos minutos dedujo que era una sonrisa y se dijo a sí misma: «Es el Gato de Cheshire... ahora tendré alguien con quien hablar».

"How are you getting on?" said the Cat, as soon as there was mouth enough for it to speak with.

Alice waited till the eyes appeared, and then nodded. "It's no use speaking to it," she thought, "till its ears have come, or at least one of them." In another minute the whole head appeared, and then Alice put down her flamingo, and began an account of the game, feeling very glad she had some one to listen to her. The Cat seemed to think that there was enough of it now in sight, and no more of it appeared.

"I don't think they play at all fairly," Alice began, in rather a complaining tone, "and they all quarrel so dreadfully one can't hear one's-self speak—and they don't seem to have any rules in particular; at least, if there are, nobody attends to them—and you've no idea how confusing it is all the things being alive; for instance, there's the arch I've got to go through next walking about at the other end of the ground—and I should have croqueted the Queen's hedgehog just now, only it ran away when it saw mine coming!"

"How do you like the Queen?" said the Cat in a low voice. "Not at all," said Alice: "she's so extremely—" Just then she noticed that the Queen was close behind her, listening: so she went on, "—likely to win, that it's hardly worth while finishing the game."

The Queen smiled and passed on.

"Who *are* you talking to?" said the King, coming up to Alice, and looking at the Cat's head with great curiosity.

"It's a friend of mine—a Cheshire Cat," said Alice: "allow me to introduce it."

"I don't like the look of it at all," said the King: "however, it may kiss my hand if it likes."

"I'd rather not," the Cat remarked.

"Don't be impertinent," said the King, "and don't look at me like that!" He got behind Alice as he spoke.

«¿Cómo te va?», dijo el Gato, en cuanto tuvo boca suficiente para hablar.

Alicia esperó a que aparecieran los ojos. «Es inútil hablarle», pensó, «hasta que aparezcan las orejas... o al menos una de ellas». Al cabo de otro minuto apareció la cabeza entera y entonces Alicia dejó su flamenco y empezó a relatar el juego, sintiéndose muy contenta de tener a alguien que la escuchara. El Gato pareció pensar que ya había bastante de él a la vista y no apareció más.

«No creo que jueguen limpio», comenzó diciendo Alicia en tono más bien quejumbroso. «Todos pelean tan horriblemente que una no puede ni oírse a sí misma... y parece que no tienen reglas claras; al menos si las hay, nadie las sigue... y no tienes ni idea de lo confuso que es todo esto. Por ejemplo, el arco por el que tengo que pasar se pasea por el extremo del otro campo... ¡y debí haberle hecho croquet al erizo de la Reina hace un momento, pero huyó cuando vio venir el mío!».

«¿Qué tanto te gusta la Reina?», dijo el Gato en voz baja. «En realidad no me gusta nada», dijo Alicia, «es demasiado...», y justo entonces se dio cuenta de que la Reina estaba detrás de ella escuchando... así que continuó: «probable que gane, y apenas si vale la pena terminar el juego».

La Reina sonrió y continuó.

«¿Con quién estás hablando?», dijo el Rey, acercándose a Alicia, y mirando con gran curiosidad la cabeza del Gato.

«Es un amigo mío... el Gato de Cheshire», dijo Alicia... «permíteme que te lo presente».

«No me gusta su aspecto», dijo el Rey... «Sin embargo, puede besarme la mano si quiere».

«Preferiría no hacerlo», comentó el Gato.

«Entonces no seas impertinente, ¡y no me mires así!», dijo el Rey. Se puso detrás de Alicia mientras hablaba.

"A cat may look at a king," said Alice. "I've read that in some book, but I don't remember where."

"Well, it must be removed," said the King very decidedly, and he called to the Queen, who was passing at the moment, "My dear! I wish you would have this cat removed!"

The Queen had only one way of settling all difficulties, great or small. "Off with his head!" she said, without even looking round.

"I'll fetch the executioner myself," said the King eagerly, and he hurried off.

Alice thought she might as well go back and see how the game was going on, as she heard the Queen's voice in the distance, screaming with passion. She had already heard her sentence three of the players to be executed for having missed their turns, and she did not like the look of things at all, as the game was in such confusion that she never knew whether it was her turn or not. So she went off in search of her hedgehog.

The hedgehog was engaged in a fight with another hedgehog, which seemed to Alice an excellent opportunity for croqueting one of them with the other: the only difficulty was, that her flamingo was gone across to the other side of the garden, where Alice could see it trying in a helpless sort of way to fly up into a tree.

By the time she had caught the flamingo and brought it back, the fight was over, and both the hedgehogs were out of sight: "but it doesn't matter much," thought Alice, "as all the arches are gone from this side of the ground." So she tucked it away under her arm, that it might not escape again, and went back to have a little more conversation with her friend.

When she got back to the Cheshire Cat, she was surprised to find quite a large crowd collected round it: there was a dispute going on between the executioner, the King, and the Queen, who were all talking at once, while all the rest were quite silent, and looked very uncomfortable.

«Un gato puede mirar a un rey», dijo Alicia. «Lo he leído en algún libro pero no recuerdo en cual».

«Pues hay que retirarlo», dijo el Rey decididamente, y llamó a la Reina que pasaba en ese momento: «¡Querida! ¡Me gustaría que hicieras retirar a este gato!».

La Reina sólo tenía una forma de resolver todas las dificultades fueran grandes o pequeñas. «¡Que le corten la cabeza!», dijo ella, sin siquiera mirar a su alrededor.

«Yo mismo traeré al verdugo», dijo el Rey con entusiasmo, y se apresuró a irse.

Alicia pensó que sería mejor volver y ver cómo seguía el juego, ya que oyó la voz de la Reina a lo lejos, gritando con pasión. Ya la había oído sentenciar a tres de los jugadores a ser ejecutados por haber perdido sus turnos y no le gustaba nada el aspecto de las cosas, ya que el juego era tan confuso que ella nunca sabía si era su turno o no. Así que se fue en busca de su erizo.

El erizo estaba enfrascado en una pelea con otro erizo, lo cual le pareció a Alicia una excelente oportunidad para jugar croquet usando a uno de ellos como bola... el único problema era que su flamenco se había ido al otro lado del jardín, donde Alicia podía verlo intentar inútilmente treparse a un árbol.

Una vez que atrapó al flamenco y lo trajo de vuelta, la pelea había terminado y los dos erizos ya no estaban... «Bueno, no importa, todos los arcos han desaparecido del campo de juego», pensó Alicia. Así que lo guardó bajo el brazo para que no se volviera a escapar y regresó para conversar un poco más con su amigo.

Cuando regresó donde el Gato de Cheshire se sorprendió al encontrar una gran multitud reunida a su alrededor... había una discusión entre el verdugo, el Rey y la Reina, que hablaban a la vez mientras todos los demás estaban en silencio y parecían incómodos.

The moment Alice appeared, she was appealed to by all three to settle the question, and they repeated their arguments to her, though, as they all spoke at once, she found it very hard to make out exactly what they said.

The executioner's argument was, that you couldn't cut off a head unless there was a body to cut it off from: that he had never had to do such a thing before, and he wasn't going to begin at *his* time of life.

En el momento en que apareció Alicia, los tres le pidieron que resolviera la cuestión y le repitieron sus argumentos, pero como todos hablaban al mismo tiempo le resultó muy difícil entender exactamente lo que decían.

El argumento del verdugo era que no se podía cortar una cabeza a menos que hubiera un cuerpo del cual cortarla... que nunca antes había tenido que hacer algo así y que no iba a empezar con eso a esta altura de *su* vida.

The King's argument was, that anything that had a head could be beheaded, and that you weren't to talk nonsense.

The Queen's argument was, that if something wasn't done about it in less than no time she'd have everybody executed, all round. (It was this last remark that had made the whole party look so grave and anxious.)

Alice could think of nothing else to say but "It belongs to the Duchess: you'd better ask *her* about it."

"She's in prison," the Queen said to the executioner: "fetch her here." And the executioner went off like an arrow.

The Cat's head began fading away the moment he was gone, and, by the time he had come back with the Duchess, it had entirely disappeared; so the King and the executioner ran wildly up and down looking for it, while the rest of the party went back to the game.

El argumento del Rey era que todo lo que tuviera cabeza podía ser decapitado y que no se debían decir tonterías.

El argumento de la Reina era que si no se hacía algo al respecto en menos de lo que canta un gallo mandaría ejecutar a todo el mundo. (Fue este último comentario el que hizo que todo el grupo pareciera tan serio y preocupado).

A Alicia no se le ocurrió más que decir: «Pertenece a la Duquesa... será mejor que *le* pregunten».

«Está en prisión, tráela aquí», dijo la Reina al verdugo. Y el verdugo partió como una flecha.

La cabeza del Gato empezó a desvanecerse en cuanto se fue y cuando regresó con la Duquesa ya había desaparecido por completo. Así que el Rey y el verdugo empezaron a buscarla como locos de arriba a abajo, mientras el resto del grupo volvía al juego.

"You can't think how glad I am to see you again, you dear old thing!" said the Duchess, as she tucked her arm affectionately into Alice's, and they walked off together.

Alice was very glad to find her in such a pleasant temper, and thought to herself that perhaps it was only the pepper that had made her so savage when they met in the kitchen.

When *I'm* a Duchess," she said to herself, (not in a very hopeful tone though,) "I won't have any pepper in my kitchen *at all*. Soup does very well without—Maybe it's always pepper that makes people hot-tempered," she went on, very much pleased at having found out a new kind of rule, "and vinegar that makes them sour—and camomile that makes them bitter—and—and barley-sugar and such things that make children sweet-tempered. I only wish people knew *that:* then they wouldn't be so stingy about it, you know—"

She had quite forgotten the Duchess by this time, and was a little startled when she heard her voice close to her ear. "You're thinking about something, my dear, and that makes you forget to talk. I can't tell you just now what the moral of that is, but I shall remember it in a bit."

"Perhaps it hasn't one," Alice ventured to remark.

"Tut, tut, child!" said the Duchess. "Every thing's got a moral, if only you can find it." And she squeezed herself up closer to Alice's side as she spoke.

Alice did not much like her keeping so close to her: first, because the Duchess was very ugly, and secondly, because she was exactly the right height to rest her chin on Alice's shoulder, and it was an uncomfortably sharp chin. However, she did not like to be rude, so she bore it as well as she could.

"The game's going on rather better now," she said, by way of keeping up the conversation a little.

CAPÍTULO IX — LA HISTORIA DE LA TORTUGA FALSA

«¡No sabes cuánto me alegra volverte a ver, querida amiga!», dijo la Duquesa, mientras tomaba a Alicia del brazo y se alejaban juntas.

Alicia se alegró mucho de encontrarla de buen humor y pensó que tal vez había sido la pimienta lo que la hizo ser tan salvaje cuando la conoció en la cocina.

«Cuando *yo* sea Duquesa, no habrá pimienta en mi cocina», se dijo a sí misma (aunque en un tono poco esperanzador). «La sopa está muy bien sin ella... Tal vez sea siempre la pimienta la que pone a la gente de mal genio», continuó ella, hablando muy satisfecha por haber descubierto algo nuevo, «y el vinagre lo que los pone agrios... y la manzanilla lo que los pone amargados... y el azúcar de cebada y cosas así lo que pone a los niños alegres. Sólo desearía que la gente *lo* supiera... entonces no serían tan recatados al respecto».

Para entonces ya se había olvidado por completo de la Duquesa y se sobresaltó al oír su voz cerca de su oído. «Estás pensando en algo, querida, y eso hace que te olvides de hablar. No puedo decirte ahora cuál es la moraleja de eso, pero lo recordaré más tarde».

«Quizá no tenga una», se atrevió a comentar Alicia.

«¡Ay, ay, niña!», dijo la Duquesa. «Todo tiene una moraleja, sólo tienes que encontrarla». Y se acercó más a Alicia mientras hablaba.

A Alicia no le gustaba mucho que se acercara tanto a ella... primero, porque la Duquesa era muy fea y, segundo, porque tenía la altura exacta para apoyar la barbilla en el hombro de Alicia, y era una barbilla incómodamente afilada. Sin embargo, no quería ser grosera, así que soportó lo más que pudo.

«El juego está yendo mejor ahora», dijo ella, a modo de mantener un poco la conversación.

"'Tis so," said the Duchess: "and the moral of that is—'Oh, 'tis love, 'tis love, that makes the world go round!'"

"Somebody said," Alice whispered, "that it's done by every body minding their own business!"

"Ah, well! It means much the same thing," said the Duchess, digging her sharp little chin into Alice's shoulder as she added, "and the

«Así es», dijo la Duquesa... «y la moraleja de eso es... "¡Oh, es el amor, es el amor, lo que hace girar al mundo!"».

«Alguien dijo», murmuró Alicia, «¡que lo que realmente lo mueve es que cada quien se ocupe de sus cosas!».

«¡Ah, bueno! Significa más o menos lo mismo», dijo la Duquesa, hundiendo su afilada barbilla en el hombro de Alicia mientras aña-

moral of *that* is—'Take care of the sense, and the sounds will take care of themselves.'"

"How fond she is of finding morals in things!" Alice thought to herself.

"I dare say you're wondering why I don't put my arm round your waist," the Duchess said after a pause: "the reason is, that I'm doubtful about the temper of your flamingo. Shall I try the experiment?"

"He might bite," Alice cautiously replied, not feeling at all anxious to have the experiment tried.

"Very true," said the Duchess: "flamingoes and mustard both bite. And the moral of that is—'Birds of a feather flock together.'"

"Only mustard isn't a bird," Alice remarked.

"Right, as usual," said the Duchess: "what a clear way you have of putting things!"

"It's a mineral, I *think*," said Alice.

"Of course it is," said the Duchess, who seemed ready to agree to everything that Alice said; "there's a large mustardmine near here. And the moral of that is—'The more there is of mine, the less there is of yours.'"

"Oh, I know!" exclaimed Alice, who had not attended to this last remark, "it's a vegetable. It doesn't look like one, but it is."

"I quite agree with you," said the Duchess, "and the moral of that is—'Be what you would seem to be '—or, if you'd like it put more simply—'Never imagine yourself not to be otherwise than what it might appear to others that what you were or might have been was not otherwise than what you had been would have appeared to them to be otherwise.'"

"I think I should understand that better," Alice said very politely, "if

día, «y la moraleja es... "Cuida el sentido y los sonidos se cuidarán solos"».

«¡Le encanta encontrar moralejas a todo!», pensó Alicia para sus adentros.

«Debes estar preguntándote por qué no te abrazo», dijo la Duquesa tras una pausa... «la razón es que no confío en el temperamento de tu flamenco. ¿Debería intentarlo?».

«Podría morder», respondió Alicia con cautela, sin ganas de que lo intentara.

«Muy cierto», dijo la Duquesa... «tanto los flamencos como la mostaza muerden. Y la moraleja es... "Las aves del mismo plumaje vuelan juntas"».

«Pero la mostaza no es un ave», comentó Alicia.

«Como siempre, tienes la razón, ¡qué manera tan clara tienes para plantear las cosas!», dijo la Duquesa.

«*Creo* que es un mineral», dijo Alicia.

«Por supuesto que lo es», dijo la Duquesa, que parecía estar de acuerdo con todo lo que Alicia decía... «hay una gran mina de mostaza cerca de aquí y la moraleja es... "Cuanto más hay de lo mío, menos hay de lo tuyo"».

«¡Oh, ya lo sé!», exclamó Alicia, que no había prestado atención a la última observación, «es un vegetal, no lo parece pero lo es».

«Estoy totalmente de acuerdo contigo», dijo la Duquesa, «y la moraleja de eso es: "Sé lo que pareces ser", o, si lo prefieres más sencillo: "Nunca imagines que no eres de otra manera de la que podrías parecer a los demás que lo que eras o podrías haber sido no era de otra manera que lo que a ellos les habría parecido que era de otra manera"».

«Creo que lo entendería mejor si estuviera escrito, no puedo se-

I had it written down: but I can't quite follow it as you say it."

"That's nothing to what I could say if I chose," the Duchess replied, in a pleased tone.

"Pray don't trouble yourself to say it any longer than that," said Alice.

"Oh, don't talk about trouble!" said the Duchess. "I make you a present of everything I've said as yet."

"A cheap sort of present!" thought Alice. "I'm glad they don't give birthday presents like that!" But she did not venture to say it out loud.

"Thinking again?" the Duchess asked, with another dig of her sharp little chin.

"I've a right to think," said Alice sharply, for she was beginning to feel a little worried.

"Just about as much right," said the Duchess, "as pigs have to fly: and the m—"

But here, to Alice's great surprise, the Duchess's voice died away, even in the middle of her favourite word 'moral,' and the arm that was linked into hers began to tremble. Alice looked up, and there stood the Queen in front of them, with her arms folded, frowning like a thunderstorm.

"A fine day, your Majesty!" the Duchess began in a low, weak voice.

"Now, I give you fair warning," shouted the Queen, stamping on the ground as she spoke; "either you or your head must be off, and that in about half no time! Take your choice!"

The Duchess took her choice, and was gone in a moment.

"Let's go on with the game," the Queen said to Alice; and Alice was too much frightened to say a word, but slowly followed her back to

guirte», dijo Alicia muy educadamente.

«Eso no es nada comparado con lo que podría decir si yo quisiera», respondió la Duquesa en tono complacido.

«Tranquila, no te molestes en decir más que eso», dijo Alicia.

«¡Oh, no hables de molestia!», dijo la Duquesa. «Te regalo todo lo que he dicho hasta ahora».

«¡Una especie de regalo barato!», pensó Alicia. «¡Me alegro de que no hagan regalos de cumpleaños así!». Pero no se atrevió a decirlo en voz alta.

«¿Pensando de nuevo?», preguntó la Duquesa, con un pinchazo de su afilada barbilla.

«Tengo derecho a pensar», dijo Alicia tajantemente, pues empezaba a sentirse preocupada.

«Tanto derecho», dijo la Duquesa, «como el que tienen los cerdos a volar... y la m...».

Pero aquí, para gran sorpresa de Alicia, la voz de la Duquesa se apagó, incluso en medio de su palabra favorita «moraleja», y el brazo que estaba agarrado al suyo empezó a temblar. Alicia levantó la vista, y allí estaba la Reina frente a ellas, con los brazos cruzados, frunciendo el ceño como una tormenta.

«¡Buen día, su Majestad!», dijo la Duquesa en voz baja y débil.

«Ahora, te advierto seriamente», gritó la Reina, dando golpes contra el suelo mientras hablaba; «¡O tú desapareces o tu cabeza es cortada ya mismo! ¡Escoge!».

La Duquesa escogió y en un momento desapareció.

«Sigamos con el juego», le dijo la Reina a Alicia; y Alicia que estaba demasiado asustada para decir algo la siguió lentamente de vuelta al

the croquet-ground.

The other guests had taken advantage of the Queen's absence, and were resting in the shade: however, the moment they saw her, they hurried back to the game, the Queen merely remarking that a moment's delay would cost them their lives.

All the time they were playing the Queen never left off quarrelling with the other players, and shouting "Off with his head!" or "Off with her head!" Those whom she sentenced were taken into custody by the soldiers, who of course had to leave off being arches to do this, so that by the end of half an hour or so there were no arches left, and all the players, except the King, the Queen, and Alice, were in custody and under sentence of execution.

Then the Queen left off, quite out of breath, and said to Alice, "Have you seen the Mock Turtle yet?"

"No," said Alice. "I don't even know what a Mock Turtle is."

"It's the thing Mock Turtle Soup is made from," said the Queen.

"I never saw one, or heard of one," said Alice.

"Come on, then," said the Queen, "and he shall tell you his history."

campo de croquet.

Los demás jugadores habían aprovechado la ausencia de la Reina y estaban descansando en la sombra… sin embargo, en cuanto la vieron se apresuraron a volver a jugar. La Reina se limitó a comentar que un momento de retraso les costaría la vida.

Todo el tiempo que estuvieron jugando la Reina no paró de pelear con los otros jugadores y de gritar: «¡Que le corten la cabeza a él!» o «¡que le corten la cabeza a ella!». Aquellos a los que sentenció fueron puestos bajo custodia por los soldados que, por supuesto, tuvieron que dejar de ser arcos para hacerlo; así que al cabo de una media hora ya no quedaban arcos y todos los jugadores, excepto el Rey, la Reina y Alicia, estaban bajo custodia y sentenciados a ejecución.

Entonces la Reina se detuvo y completamente sin aliento le dijo a Alicia: «¿Ya viste a la Tortuga Falsa?».

«No», dijo Alicia. «Ni siquiera sé lo que es una Tortuga Falsa».

«Es con lo que se hace la sopa de Tortuga Falsa», dijo la Reina.

«Nunca he visto una, ni he oído hablar de ella», dijo Alicia.

«Entonces vamos», dijo la Reina, «y te contará su historia».

As they walked off together, Alice heard the King say in a low voice, to the company generally, "You are all pardoned." "Come, *that's* a good thing!" she said to herself, for she had felt quite unhappy at the number of executions the Queen had ordered.

They very soon came upon a Gryphon, lying fast asleep in the sun. (If you don't know what a Gryphon is, look at the picture.) "Up, lazy thing!" said the Queen, "and take this young lady to see the Mock Turtle, and to hear his history. I must go back and see after some executions I have ordered;" and she walked off, leaving Alice alone with the Gryphon. Alice did not quite like the look of the creature, but on the whole she thought it would be quite as safe to stay with it as to go after that savage Queen: so she waited.

The Gryphon sat up and rubbed its eyes: then it watched the Queen till she was out of sight: then it chuckled. "What fun!" said the Gryphon, half to itself, half to Alice.

"What *is* the fun?" said Alice.

"Why, *she*," said the Gryphon. "It's all her fancy, that: they never executes nobody, you know. Come on!"

"Everybody says 'come on!' here," thought Alice, as she went slowly after it: "I never was so ordered about before, in all my life, never!"

They had not gone far before they saw the Mock Turtle in the distance, sitting sad and lonely on a little ledge of rock, and, as they came nearer, Alice could hear him sighing as if his heart would break. She pitied him deeply. "What is his sorrow?" she asked the Gryphon, and the Gryphon answered, very nearly in the same words as before, "It's all his fancy, that: he hasn't got no sorrow, you know. Come on!"

So they went up to the Mock Turtle, who looked at them with large eyes full of tears, but said nothing.

"This here young lady," said the Gryphon, "she wants for to know your history, she do."

Mientras se alejaban Alicia oyó que el Rey dijo en voz baja a la compañía en general: «Están todos perdonados». «Bueno, *¡eso* es algo bueno!», se dijo a sí misma, pues se había sentido bastante mal por el número de ejecuciones que la Reina había ordenado.

Pronto se encontraron con un Grifo tumbado que dormía profundamente bajo el sol. (Si no sabes lo que es un Grifo, mira el dibujo). «¡Levántate perezoso, he traído a esta joven a ver a la Tortuga Falsa, y a escuchar su historia! Debo volver y ver algunas ejecuciones que he ordenado», dijo la Reina, y se marchó dejándola sola con el Grifo. A Alicia no le gustaba el aspecto de la criatura pero pensó que sería igual de seguro quedarse con ella que ir tras de aquella feroz Reina... así que esperó.

El Grifo se sentó y se frotó los ojos... luego observó a la Reina hasta que la perdió de vista... entonces soltó una risita. «¡Qué gracioso!», dijo el Grifo, a medias para sí mismo, a medias para Alicia.

«¿Qué *es* lo gracioso?», dijo Alicia.

«Pues, *ella*», dijo el Grifo. «Todo es una fantasía de ella, nunca ejecutan a nadie, ¿sabes? ¡Vamos!».

«Aquí todo el mundo dice "¡vamos!"», pensó Alicia, mientras iba despacio detrás de él... «nunca me habían dado tantas órdenes, en toda mi vida, ¡nunca!».

No habían avanzado mucho cuando vieron a la Tortuga Falsa a lo lejos, sentada triste y solitaria en la saliente de una pequeña roca y, a medida que se acercaban, Alicia podía oírla suspirar como si se le fuera a romper el corazón. La compadeció profundamente. «¿Cuál es su pena?», le preguntó al Grifo, y éste respondió, casi con las mismas palabras de antes: «Todo es una fantasía suya, no tiene ninguna tristeza, ¿sabes? ¡Vamos!».

Se acercaron a la Tortuga Falsa, que los miró con grandes ojos llenos de lágrimas, pero no dijo nada.

«Esta jovencita de aquí, en verdad quiere conocer tu historia», dijo el Grifo.

"I'll tell it her," said the Mock Turtle in a deep, hollow tone: "sit down both of you, and don't speak a word till I've finished."

So they sat down, and nobody spoke for some minutes. Alice thought to herself, "I don't see how he can *ever* finish, if he doesn't begin." But she waited patiently.

"Once," said the Mock Turtle at last, with a deep sigh, "I was a real Turtle."

These words were followed by a very long silence, broken only by an occasional exclamation of "Hjckrrh!" from the Gryphon, and the constant heavy sobbing of the Mock Turtle. Alice was very nearly getting up and saying, "Thank you, sir, for your interesting story," but she could not help thinking there *must* be more to come, so she sat still and said nothing.

«Yo se la contaré», dijo la Tortuga Falsa en un tono profundo y hueco: «siéntense los dos y no digan ni una palabra hasta que yo haya terminado».

Así que se sentaron y nadie habló durante algunos minutos. Alicia pensó: «No veo que *nunca* vaya a terminar, si no empieza». Pero esperó pacientemente.

«Una vez», dijo finalmente la Tortuga Falsa, con un profundo suspiro, «fui una Tortuga de verdad».

Estas palabras fueron seguidas de un larguísimo silencio, roto ocasionalmente por una exclamación de «¡hjckrrh!» del Grifo, y por los constantes y pesados suspiros de la Tortuga Falsa. Alicia estuvo a punto de levantarse y decir: «Gracias, señora, muy interesante tu historia», pero pensó que *debía de haber* más, así que se quedó quieta y no dijo nada.

"When we were little," the Mock Turtle went on at last, more calmly, though still sobbing a little now and then, "we went to school in the sea. The master was an old Turtle— we used to call him Tortoise—"

"Why did you call him Tortoise, if he wasn't one?" Alice asked.

"We called him Tortoise, because he taught us," said the Mock Turtle angrily; "really you are very dull!"

"You ought to be ashamed of yourself for asking such a simple question," added the Gryphon; and then they both sat silent and looked at poor Alice, who felt ready to sink into the earth. At last the Gryphon said to the Mock Turtle, "Drive on, old fellow! Don't be all day about it!" and he went on in these words:

"Yes, we went to school in the sea, though you mayn't believe it—"

"I never said I didn't!" interrupted Alice.

"You did," said the Mock Turtle.

"Hold your tongue!" added the Gryphon, before Alice could speak again. The Mock Turtle went on.

"We had the best of educations—in fact, we went to school every day—"

"*I've* been to a day-school too," said Alice; "you needn't be so proud as all that."

"With extras?" asked the Mock Turtle a little anxiously.

"Yes," said Alice, "we learned French and music."

"And washing?" said the Mock Turtle.

"Certainly not!" said Alice indignantly.

«Cuando éramos pequeños», prosiguió por fin la Tortuga Falsa, con más calma, aunque todavía suspirando de vez en cuando, «íbamos a la escuela en el mar. La maestra era una vieja Tortuga... solíamos llamarla Tortura...».

«¿Por qué la llamaban Tortura, si no lo era?», preguntó Alicia.

«La llamábamos Tortura, porque nos enseñaba», dijo enfadada la Tortuga Falsa; «¡que torpe eres!».

«Debería darte vergüenza hacer una pregunta tan simple», añadió el Grifo; y entonces ambos se sentaron en silencio y miraron a la pobre Alicia, que quería que se la comiera la tierra. Por fin, el Grifo le dijo a la Tortuga Falsa: «¡Continúa, vieja amiga! ¡No estés todo el día con eso!», y ella continuó con estas palabras:

«Sí, íbamos a la escuela en el mar, aunque no lo creas...».

«¡Nunca dije que no!», interrumpió Alicia.

«Lo hiciste», dijo la Tortuga Falsa.

«¡Cállate!», añadió el Grifo, antes de que Alicia pudiera volver a hablar. La Tortuga Falsa prosiguió.

«Tuvimos la mejor de las educaciones... de hecho, íbamos a la escuela todos los días...»

«*Yo* también fui a una escuela diurna», dijo Alicia; «no tienes por qué estar tan orgullosa».

«¿Con lecciones extras?», preguntó la Tortuga Falsa un poco ansiosa.

«Sí», dijo Alicia, «aprendimos francés y música».

«¿Y a lavarse?», dijo la Tortuga falsa.

«¡Claro que no!», dijo Alicia indignada.

"Ah! Then yours wasn't a really good school," said the Mock Turtle in a tone of great relief. "Now at *ours* they had at the end of the bill, 'French, music, *and washing*—extra.'"

"You couldn't have wanted it much," said Alice: "living at the bottom of the sea."

"I couldn't afford to learn it," said the Mock Turtle with a sigh. "I only took the regular course."

"What was that?" inquired Alice.

"Reeling and Writhing, of course, to begin with," the Mock Turtle replied: "and then the different branches of Arithmetic—Ambition, Distraction, Uglification, and Derision."

"I never heard of 'Uglification,'" Alice ventured to say. "What is it?"

The Gryphon lifted up both its paws in surprise. "Never heard of uglifying!" it exclaimed. "You know what to beautify is, I suppose?"

"Yes," said Alice, doubtfully: "it means—to—make— anything—prettier."

"Well then," the Gryphon went on, "if you don't know what to uglify is, you are a simpleton."

Alice did not feel encouraged to ask any more questions about it, so she turned to the Mock Turtle, and said, "What else had you to learn?"

"Well, there was Mystery," the Mock Turtle replied, counting off the subjects on his flappers,—"Mystery, ancient and modern, with Seaography: then Drawling—the Drawling-master was an old conger-eel, that used to come once a week: he taught us Drawling, Stretching, and Fainting in Coils."

"What was *that* like?" said Alice.

«¡Ah! Entonces tu escuela no era tan buena», dijo la Tortuga Falsa en tono de gran alivio. «En *la nuestra* ponían al final de la factura: "Francés, música *y lavado*— extra".

«No podías necesitarlo mucho si vivías en el fondo del mar», dijo Alicia.

«No podía pagar tanto como para aprenderlo, solo hice el curso normal», dijo la Tortuga Falsa con un suspiro.

«¿Y de qué trataba?», preguntó Alicia.

«Devanarse y Retorcerse, por supuesto, para empezar», respondió la Tortuga Falsa... «y luego las diferentes ramas de la Aritmética: Ambición, Distracción, Afeamiento y Burla».

«Nunca he oído hablar del "Afeamiento"», se atrevió a decir Alicia. «¿Qué es eso?».

El Grifo levantó ambas patas sorprendido. «¡Nunca has oído hablar de Afeamiento!», exclamó. «¿Sabes lo que es embellecimiento, imagino?».

«Sí», dijo Alicia con duda, «significa hacer que algo sea más lindo».

«Pues bien», continuó el Grifo, «si no sabes lo que es afeamiento, eres una niña muy simple».

Alicia no se animó a hacer más preguntas al respecto, así que miro a la Tortuga Falsa y le dijo: «¿Qué más tenías que aprender?».

«Bueno, estaba Misterio», contestó la Tortuga Falsa, contando las asignaturas con sus aletas... «Misterio, antiguo y moderno, con Mareografía... luego Bellas Tardes... El Maestro de Bellas Tardes era un viejo congrio, que solía venir una vez a la semana, él nos enseñó Bellas Tardes, Estiramiento y Desmayo en espirales».

«¿Y cómo era *eso*?», dijo Alicia.

"Well, I can't show it you, myself," the Mock Turtle said: "I'm too stiff. And the Gryphon never learnt it."

"Hadn't time," said the Gryphon: "I went to the Classical master, though. He was an old crab, *he* was."

"I never went to him," the Mock Turtle said with a sigh: "he taught Laughing and Grief, they used to say."

"So he did, so he did," said the Gryphon, sighing in his turn, and both creatures hid their faces in their paws.

"And how many hours a day did you do lessons?" said Alice, in a hurry to change the subject.

"Ten hours the first day," said the Mock Turtle: "nine the next, and so on."

"What a curious plan!" exclaimed Alice.

"That's the reason they're called lessons," the Gryphon remarked: "because they lessen from day to day."

This was quite a new idea to Alice, and she thought it over a little before she made her next remark. "Then the eleventh day must have been a holiday?"

"Of course it was," said the Mock Turtle.

"And how did you manage on the twelfth?" Alice went on eagerly.

"That's enough about lessons," the Gryphon interrupted in a very decided tone: "tell her something about the games now."

«Bueno, yo no puedo enseñártelo», dijo la Tortuga falsa, «estoy demasiado tiesa. Y el Grifo nunca lo aprendió».

«No tuve tiempo», dijo el Grifo: «Pero fui a ver al maestro de Clásicos. Era un cangrejo viejo, así era *él*».

«Nunca fui a verlo, él enseñaba la Risa y la Pena, así decían», dijo la Tortuga Falsa con un suspiro.

«Así era, así era», dijo el Grifo, suspirando a su vez, y ambas criaturas escondieron la cara tras sus patas.

«¿Y cuántas horas al día tenían lecciones?», dijo Alicia, apresurada por cambiar de tema.

«Diez horas el primer día», dijo la Tortuga Falsa: «nueve el siguiente, y así sucesivamente».

«¡Qué plan tan curioso!», exclamó Alicia.

«Esa es la razón por la que se llaman lecciones», comentó el Grifo... «porque se seleccionan de un día para otro».

Ésta idea era bastante nueva para Alicia y lo pensó un poco antes de hacer su siguiente comentario. «Entonces, ¿el día once era festivo?».

«Así es», dijo la Tortuga Falsa.

«¿Y qué hacían el día doce?», continuó Alicia con impaciencia.

«Ya basta de lecciones», interrumpió el Grifo en un tono muy decidido... «cuéntale ahora algo sobre los juegos».

CHAPTER X — THE LOBSTER QUADRILLE

The Mock Turtle sighed deeply, and drew the back of one flapper across his eyes. He looked at Alice and tried to speak, but for a minute or two sobs choked his voice. "Same as if he had a bone in his throat," said the Gryphon, and it set to work shaking him and punching him in the back. At last the Mock Turtle recovered his voice, and, with tears running down his cheeks, he went on again:—

"You may not have lived much under the sea—" ("I haven't," said Alice)—"and perhaps you were never even introduced to a lobster—" (Alice began to say "I once tasted —" but checked herself hastily, and said, "No, never")—"so you can have no idea what a delightful thing a Lobster-Quadrille is!"

"No, indeed," said Alice. "What sort of a dance is it?"

"Why," said the Gryphon, "you first form into a line along the seashore—"

"Two lines!" cried the Mock Turtle. "Seals, turtles, salmon, and so on: then, when you've cleared all the jelly-fish out of the way—"

"*That* generally takes some time," interrupted the Gryphon.

"—you advance twice—"

"Each with a lobster as a partner!" cried the Gryphon.

"Of course," the Mock Turtle said: "advance twice, set to partners—"

"—change lobsters, and retire in the same order," continued the Gryphon.

"Then, you know," the Mock Turtle went on, "you throw the—"

"The lobsters!" shouted the Gryphon, with a bound into the air.

"—as far out to sea as you can—"

CAPÍTULO X — LA CUADRILLA DE LA LANGOSTA

La Tortuga Falsa suspiró profundamente y se pasó el dorso de una aleta por los ojos. Miró a Alicia e intentó hablar, pero durante uno o dos minutos los sollozos le ahogaron la voz. «Igual que si tuviera un hueso en la garganta», dijo el Grifo, y se puso a sacudirla y a darle puñetazos en la espalda. Por fin la Tortuga Falsa recuperó la voz y, con las lágrimas corriéndole por las mejillas, continuó:

«Puede que no hayas vivido mucho bajo el mar...» («No lo he hecho», dijo Alicia) «y puede que ni siquiera conozcas a una langosta...» (Alicia empezó a decir: «Una vez probé...», pero se controló rápidamente y dijo: «No, nunca») «¡así que no puedes tener ni idea de lo maravilloso que es una Cuadrilla de Langostas».

«Desde luego que no», dijo Alicia. «¿Qué clase de baile es?».

«Bueno, primero forman una línea a lo largo de la orilla del mar...», dijo el Grifo.

«¡Dos líneas!», gritó la Tortuga Falsa. «Focas, tortugas, salmones, etc.... luego, cuando has quitado de en medio a todas las medusas...».

«*Eso* normalmente toma algún tiempo», interrumpió el Grifo.

«...avanzan dos veces...».

«¡Cada una con una langosta como pareja!», gritó el Grifo.

«Así es», dijo la Tortuga Falsa, «avanzan dos veces, se ponen en parejas...».

«...cambian de langosta, y se retiraran en el mismo orden», continuó el Grifo.

«Y entonces», continuó la Tortuga Falsa, «lanzas las...».

«¡Las langostas!», gritó el Grifo, dando un salto en el aire.

«...tan mar adentro como se pueda...».

"Swim after them!" screamed the Gryphon.

"Turn a somersault in the sea!" cried the Mock Turtle, capering wildly about.

"Change lobsters again!" yelled the Gryphon at the top of its voice.

"Back to land again, and—that's all the first figure," said the Mock Turtle, suddenly dropping his voice; and the two creatures, who had been jumping about like mad things all this time, sat down again very sadly and quietly, and looked at Alice.

"It must be a very pretty dance," said Alice timidly.

"Would you like to see a little of it?" said the Mock Turtle.

"Very much indeed," said Alice.

«¡Nadas tras ellas!», gritó el Grifo.

«¡Dan vueltas en el mar!», gritó la Tortuga Falsa, saltando salvajemente.

«¡Cambian de nuevo de langosta!», gritó el Grifo.

«De vuelta a tierra de nuevo... y esa es la primera figura», dijo la Tortuga Falsa, bajando de repente la voz, y las dos criaturas, que habían estado saltando como locas todo este tiempo, volvieron a sentarse muy tristes y tranquilas, y miraron a Alicia.

«Debe de ser un baile muy bonito», dijo Alicia tímidamente.

«¿Te gustaría verlo un poco?», dijo la Tortuga falsa.

«Por supuesto», dijo Alicia.

"Come, let's try the first figure!" said the Mock Turtle to the Gryphon. "We can do it without lobsters, you know. Which shall sing?"

"Oh, you sing," said the Gryphon. "I've forgotten the words."

So they began solemnly dancing round and round Alice, every now and then treading on her toes when they passed too close, and waving their fore-paws to mark the time, while the Mock Turtle sang this, very slowly and sadly:—

"Will you walk a little faster?" said a whiting to a snail,
"There's a porpoise close behind us, and he's treading on my tail.
See how eagerly the lobsters and the turtles all advance!
They are waiting on the shingle—will you come and join the dance?
 Will you, won't you, will you, won't you, will you join the dance?
 Will you, won't you, will you, won't you, won't you join the dance?

"You can really have no notion how delightful it will be
When they take us up and throw us, with the lobsters, out to sea!"
But the snail replied, "Too far, too far!" and gave a look askance—
Said he thanked the whiting kindly, but he would not join the dance.
 Would not, could not, would not, could not, would not join the dance.
 Would not, could not, would not, could not, could not join the dance.

"What matters it how far we go?" his scaly friend replied,
"There is another shore, you know, upon the other side.
The further off from England the nearer is to France—
Then turn not pale, beloved snail, but come and join the dance.
 Will you, won't you, will you, won't you, will you join the dance?
 Will you, won't you, will you, won't you, won't you join the dance?"

"Thank you, it's a very interesting dance to watch," said Alice, feeling very glad that it was over at last: "and I do so like that curious song about the whiting!"

"Oh, as to the whiting," said the Mock Turtle, "they— you've seen them, of course?"

"Yes," said Alice, "I've often seen them at dinn—" she checked herself hastily.

«¡Pues, vamos, intentemos la primera figura ya que podemos hacerlo sin langostas!», dijo la Tortuga Falsa al Grifo. «¿Quién canta?».

«Oh, tú cantas», dijo el Grifo. «He olvidado la letra».

Así que empezaron a bailar solemnemente alrededor de Alicia, a veces pisándole los dedos de los pies cuando pasaban demasiado cerca, y agitando las patas delanteras para marcar el tiempo, mientras la Tortuga Falsa cantaba despacio y con tristeza:

«"¿Quieres andar un poco más deprisa?", le dijo una pescadilla a un caracol,
"hay una marsopa muy cerca, detrás de nosotros, y me está pisando la cola.
¡mira con qué impaciencia avanzan las langostas y las tortugas!
Están esperando en la grava... ¿quieres venir y unirte al baile?
¿Quieres, no quieres, quieres, no quieres, unirte al baile?
¿Quieres, no quieres, quieres, no quieres, no quieres unirte al baile?".

«"¡Realmente no puedes imaginarte lo genial que será
cuando nos suban y nos lancen, con las langostas, mar adentro!".
Pero el caracol replicó: "¡Muy lejos, muy lejos!", y lanzó una mirada recelosa.
Él dijo que agradecía amablemente a la pescadilla, pero que no se uniría al baile.
No quiso, no pudo, no quiso, no pudo, no quiso unirse al baile.
No quiso, no pudo, no quiso, no pudo, no quiso unirse al baile.

«"¿Qué importa lo lejos que lleguemos?", respondió su escamoso amigo,
"Hay otra orilla, ya sabes, al otro lado.
Cuanto más lejos de Inglaterra, más cerca de Francia...
Entonces no palidezcas, amado caracol, sino que vienes y te unes al baile.
¿Quieres, no quieres, quieres, no quieres, unirte al baile?
¿Quieres, no quieres, quieres, no quieres, no quieres unirte al baile?"».

«Gracias, es un baile muy interesante de ver», dijo Alicia, sintiéndose muy contenta de que por fin hubiera terminado, «¡y me gusta tanto esa curiosa canción sobre la pescadilla!».

«Oh, en cuanto a las pescadillas, ellas... ¿imagino que las has visto?», dijo la Tortuga Falsa.

«Sí, las he visto a menudo en la cen...», dijo Alicia, y se contuvo rápidamente.

"I don't know where Dinn may be," said the Mock Turtle, "but if you've seen them so often, of course you know what they're like."

"I believe so," Alice replied thoughtfully. "They have their tails in their mouths;—and they're all over crumbs."

"You're wrong about the crumbs," said the Mock Turtle: "crumbs would all wash off in the sea. But they *have* their tails in their mouths; and the reason is—" here the Mock Turtle yawned and shut his eyes.— "Tell her about the reason and all that," he said to the Gryphon.

"The reason is," said the Gryphon, "that they *would* go with the lobsters to the dance. So they got thrown out to sea. So they had to fall a long way. So they got their tails fast in their mouths. So they couldn't get them out again. That's all."

"Thank you," said Alice, "it's very interesting. I never knew so much about a whiting before."

"I can tell you more than that, if you like,' said the Gryphon. "Do you know why it's called a whiting?"

"I never thought about it," said Alice. "Why?"

"*It does the boots and shoes*," the Gryphon replied very solemnly.

Alice was thoroughly puzzled. "Does the boots and shoes!" she repeated in a wondering tone.

"Why, what are *your* shoes done with?" said the Gryphon. "I mean, what makes them so shiny?"

Alice looked down at them, and considered a little before she gave her answer. "They're done with blacking, I believe."

"Boots and shoes under the sea," the Gryphon went on in a deep voice, "are done with whiting. Now you know."

"And what are they made of?" Alice asked in a tone of great curi-

«No sé dónde queda la Cen... pero si los has visto entonces ya sabes cómo son», dijo la Tortuga Falsa.

«Creo que sí», contestó Alicia pensativa. «Tienen la cola en la boca... y están llenas de migas».

«Te equivocas con las migas», dijo la Tortuga Falsa: «las migas se lavarían todas en el mar. Sin embargo *tienen* la cola en la boca y la razón es...», aquí la Tortuga Falsa bostezó y cerró los ojos. «Cuéntale la razón y todo eso», le dijo al Grifo.

«La razón es», dijo el Grifo, «que *irían* con las langostas al baile. Así que fueron arrojadas al mar y tuvieron que caer desde una gran altura. Así que se les atascaron las colas en la boca y no pudieron volver a sacarla. Eso es todo».

«Gracias», dijo Alicia, «es muy interesante. Nunca había sabido tanto sobre las pescadillas».

«Puedo contarte más si quieres», dijo el Grifo. «¿Sabes por qué se llama pescadilla?».

«¿Por qué? Nunca lo había pensado», dijo Alicia.

«Las usan para *hacer botas y zapatos*», respondió el Grifo muy solemnemente.

Alicia estaba completamente confundida. «¡Botas y zapatos!», repitió ella en tono de asombro.

«¿Cómo se hacen *tus* zapatos?», dijo el Grifo. «Quiero decir, ¿qué los hace tan brillantes?».

Alicia los miró y reflexionó un poco antes de dar su respuesta. «Creo que el betún».

«Las botas y los zapatos bajo el mar», prosiguió el Grifo con voz grave, «se hacen con pescadilla. Ahora ya lo sabes».

«¿Y de qué están hechos?», preguntó Alicia en un tono de gran cu-

osity.

"Soles and eels, of course," the Gryphon replied rather impatiently: "any shrimp could have told you that."

"If I'd been the whiting," said Alice, whose thoughts were still running on the song, "I'd have said to the porpoise, 'Keep back, please: we don't want *you* with us!'"

"They were obliged to have him with them," the Mock Turtle said: "no wise fish would go anywhere without a porpoise."

"Wouldn't it really?" said Alice in a tone of great surprise.

"Of course not", said the Mock Turtle: "why, if a fish came to *me*, and told me he was going a journey, I should say, 'With what porpoise?'"

"Don't you mean 'purpose?'" said Alice.

"I mean what I say," the Mock Turtle replied in an offended tone. And the Gryphon added, "Come, let's hear some of *your* adventures."

"I could tell you my adventures—beginning from this morning," said Alice a little timidly: "but it's no use going back to yesterday, because I was a different person then." "Explain all that," said the Mock Turtle.

"No, no! the adventures first," said the Gryphon in an impatient tone: "explanations take such a dreadful time."

So Alice began telling them her adventures from the time when she first saw the White Rabbit: she was a little nervous about it just at first, the two creatures got so close to her, one on each side, and opened their eyes and mouths so *very* wide, but she gained courage as she went on. Her listeners were perfectly quiet till she got to the part about her repeating "*You are old, Father William,*" to the Caterpillar, and the words all coming different, and then the Mock Turtle drew a long breath, and said, "That's very curious."

"It's all about as curious as it can be," said the Gryphon.

riosidad.

«Bueno, de lenguados como suelas, y anguilas», respondió el Grifo con cierta impaciencia, «cualquier camarón podría decirlo».

«Si yo hubiera sido una pescadilla», dijo Alicia, cuyos pensamientos seguían girando en torno a la canción, «le habría dicho a la marsopa: «"¡Atrás, por favor; no *te* queremos con nosotros!"»».

«Estaban obligados a estar con ellos», dijo la Tortuga Falsa, «ningún pez sabio iría a ninguna parte sin una marsopa».

«¿Es en serio?», dijo Alicia en un tono de gran sorpresa.

«Claro», dijo la Tortuga Falsa. «¿Si un pez viene y me dice que se va de viaje, yo le diría: "¿Con qué marsopa?"»».

«¿Lo dices en serio?», dijo Alicia.

«Si, lo digo en serio», replicó la Tortuga Falsa en tono ofendido. Y el Grifo añadió: «Bueno, escuchemos algunas de *tus* aventuras».

«Podría contarles las aventuras que he tenido desde esta mañana», dijo Alicia en un tono tímido, «pero es inútil contar desde ayer, ya que sería una persona diferente». «Explica todo eso», dijo la Tortuga Falsa.

«¡No, no! Primero las aventuras», dijo el Grifo en tono impaciente, «las explicaciones toman demasiado tiempo».

Así que Alicia empezó a contarles sus aventuras desde que vio al Conejo Blanco por primera vez... al principio estaba un poco nerviosa, las dos criaturas se le acercaban tanto, una a cada lado, y abrían *tanto* los ojos y la boca, pero fue tomando valor a medida que avanzaba. Sus oyentes estuvieron completamente callados hasta que llegó a la parte en la que le decía a la Oruga: *«Eres viejo, Padre Guillermo»*, y todas las palabras estaban cambiadas y entonces la Tortuga Falsa dio un largo suspiro y dijo: «Eso es muy curioso».

«Demasiado curioso», dijo el Grifo.

"It all came different!" the Mock Turtle repeated thoughtfully. "I should like to hear her try and repeat something now. Tell her to begin." He looked at the Gryphon as if he thought it had some kind of authority over Alice.

"Stand up and repeat *'Tis the voice of the sluggard,'*" said the Gryphon.

"How the creatures order one about, and make one repeat lessons!" thought Alice; "I might just as well be at school at once." However, she got up, and began to repeat it, but her head was so full of the Lobster Quadrille, that she hardly knew what she was saying, and the words came very queer indeed:—

"'Tis the voice of the lobster; I heard him declare,

«¡Todo es diferente!», dijo la Tortuga Falsa en tono pensativo. «Me gustaría que repitiera algo. Dile que empiece». Miró al Grifo como si pensara que tenía algún tipo de autoridad sobre Alicia.

«Levántate y repite *"Es la voz del perezoso"*, dijo el Grifo.

«¡Cómo le ordenan a una las criaturas y le hacen repetir las lecciones!», pensó Alicia; «sería mejor estar en la escuela». Sin embargo, se levantó y empezó a repetir, pero tenía la cabeza tan llena de la Cuadrilla de la Langosta, que apenas sabía lo que decía, y las palabras le salían muy raras:

«Es la voz de la langosta; le oí declarar:

> *'You have baked me too brown, I must sugar my hair.'*
> *As a duck with its eyelids, so he with his nose*
> *Trims his belt and his buttons, and turns out his toes."*

"That's different from what *I* used to say when I was a child," said the Gryphon.

"Well, I never heard it before," said the Mock Turtle; "but it sounds uncommon nonsense."

Alice said nothing: she had sat down again with her face in her hands, wondering if anything would *ever* happen in a natural way again.

"I should like to have it explained," said the Mock Turtle.

"She can't explain it," said the Gryphon hastily. "Go on with the next verse."

"But about his toes?" the Mock Turtle persisted. "How *could* he turn them out with his nose, you know?"

"It's the first position in dancing," Alice said; but she was dreadfully puzzled by the whole thing, and longed to change the subject.

"Go on with the next verse," the Gryphon repeated impatiently: "it begins *'I passed by his garden.'*"

Alice did not dare to disobey, though she felt sure it would all come wrong, and she went on in a trembling voice:—

> *"I passed by his garden, and marked, with one eye,*
> *How the owl and the oyster were sharing a pie—"*

"What *is* the use of repeating all that stuff," the Mock Turtle interrupted, "if you don't explain it as you go on? It's by far the most confusing thing *I* ever heard!"

"Yes, I think you'd better leave off," said the Gryphon, and Alice was

"Me has tostado demasiado, debo azucarar mi pelo".
Como un pato con sus párpados, así él con su nariz
recorta su cinturón y sus botones, y saca los dedos de los pies».

«Eso es diferente de lo que *yo* solía decir cuando era niño», dijo el Grifo.

«Bueno, nunca lo había oído», dijo la Tortuga Falsa; «pero parece una tontería poco común».

Alicia no dijo nada... se había vuelto a sentar con la cara entre las manos, preguntándose si alguna *vez* volvería a ocurrir algo de forma natural.

«Me gustaría que me lo explicaras», dijo la Tortuga Falsa.

«Ella no puede explicarlo», se apresuró a decir el Grifo. «Continúa con el siguiente verso».

«Pero, ¿y sus dedos?», insistió la Tortuga Falsa. «¿Cómo *podría* sacarlos con su nariz, tú sabes?».

«Es la primera posición en el baile», dijo Alicia; pero estaba terriblemente desconcertada por todo el asunto y ansiaba cambiar de tema.

«Continúa con el siguiente verso», repitió el Grifo con impaciencia... «comienza diciendo: *Pasé por su jardín*"».

Alicia no se atrevió a desobedecer, aunque estaba segura de que todo saldría mal, y prosiguió con voz temblorosa:

«Pasé por su jardín, y ví con un ojo,
cómo el búho y la ostra compartían un pastel...».

«¿Cuál *es* el objetivo de repetir todo eso», interrumpió la Tortuga Falsa, «si no lo explicas a medida que avanzas? Es, lo más confuso que *yo* he oído jamás».

«Sí, creo que será mejor que lo dejes así», dijo el Grifo, y Alicia lo

only too glad to do so.

"Shall we try another figure of the Lobster Quadrille?" the Gryphon went on. "Or would you like the Mock Turtle to sing you a song?"

"Oh, a song, please, if the Mock Turtle would be so kind," Alice replied, so eagerly that the Gryphon said, in a rather offended tone, "Hm! No accounting for tastes! Sing her '*Turtle Soup*,' will you, old fellow?"

The Mock Turtle sighed deeply, and began, in a voice sometimes choked with sobs, to sing this:—

> *"Beautiful Soup, so rich and green,*
> *Waiting in a hot tureen!*
> *Who for such dainties would not stoop?*
> *Soup of the evening, beautiful Soup!*
> *Soup of the evening, beautiful Soup!*
> *Beau—ootiful Soo—oop!*
> *Beau—ootiful Soo—oop!*
> *Soo—oop of the e—e—evening.*
> *Beautiful, beautiful Soup!*
>
> *"Beautiful Soup! Who cares for fish,*
> *Game, or any other dish?*
> *Who would not give all else for two*
> *pennyworth only of beautiful Soup?*
> *Pennyworth only of beautiful Soup?*
> *Beau—ootiful Soo—oop!*
> *Beau—ootiful Soo—oop!*
> *Soo—oop of the e—e—evening,*
> *Beautiful, beauti—FUL SOUP!"*

"Chorus again!" cried the Gryphon, and the Mock Turtle had just begun to repeat it, when a cry of "The trial's beginning!" was heard in the distance.

"Come on!" cried the Gryphon, and, taking Alice by the hand, it hurried off, without waiting for the end of the song.

hizo con mucho gusto.

«¿Probamos otra figura de la Cuadrilla de la Langosta?», continuó el Grifo. «¿O quieres que la Tortuga Falsa cante una canción?».

«Oh, una canción, por favor, si la Tortuga Falsa es tan amable», respondió Alicia, con tanto entusiasmo que el Grifo dijo, en un tono bastante ofendido: «¡Hm! ¡Sobre gustos no hay nada escrito! Cántale *Sopa de Tortuga*, ¿te parece vieja amiga?».

La Tortuga Falsa suspiró profundamente y comenzó, con una voz a veces ahogada por los sollozos, a cantar esto:

> *«¡Bonita sopa, tan rica y verde,*
> *esperando en una sopera caliente!*
> *¿Quién no se agacharía por tales manjares?*
> *La sopa de la noche, ¡una hermosa Sopa!*
> *La sopa de la noche, ¡una hermosa Sopa!*
> *¡Her-mo-sa So-pa!*
> *¡Her-mo-sa So-pa!*
> *So-pa de la no-o-che.*
> *¡Hermosa, hermosa Sopa!*
>
> *«¡Hermosa sopa! ¿A quién le importa el pescado,*
> *la caza o cualquier otro plato?*
> *¿Quién no daría todo lo demás por dos*
> *monedas sólo de hermosa Sopa?*
> *¿Monedas sólo de hermosa Sopa?*
> *¡Her-mo-sa So-pa!*
> *¡Her-mo-sa So-pa!*
> *So-pa de la no-o-che.*
> *¡Hermosa, hermo-SA SOPA!»*.

«¡Otra vez el estribillo!», gritó el Grifo, y la Tortuga Falsa empezaba a repetirlo, cuando se oyó a lo lejos un grito que decía: «¡Comienza el juicio!».

«¡Vamos!», gritó el Grifo y, cogiendo a Alicia de la mano, se alejó a toda prisa, sin esperar a que terminara la canción.

"What trial is it?" Alice panted as she ran; but the Gryphon only answered "Come on!" and ran the faster, while more and more faintly came, carried on the breeze that followed them, the melancholy words:—

> *"Soo—oop of the e—e—evening,*
> *Beautiful, beautiful Soup!"*

«¿Qué juicio es ese?», Alicia jadeaba mientras corría; pero el Grifo sólo respondió: «¡Vamos!», y corrió tan rápido que se cansaron y fueron arrastrados por la brisa que los seguía, y estas melancólicas palabras:

«So-pa de la no-o-che.
¡Hermosa, hermosa Sopa!».

CHAPTER XI — WHO STOLE THE TARTS?

The King and Queen of Hearts were seated on their throne when they arrived, with a great crowd assembled about them—all sorts of little birds and beasts, as well as the whole pack of cards: the Knave was standing before them, in chains, with a soldier on each side to guard him; and near the King was the White Rabbit, with a trumpet in one hand, and a scroll of parchment in the other. In the very middle of the court was a table, with a large dish of tarts upon it: they looked so good, that it made Alice quite hungry to look at them—"I wish they'd get the trial done," she thought, "and hand round the refreshments!" But there seemed to be no chance of this, so she began looking at everything about her, to pass away the time.

Alice had never been in a court of justice before, but she had read about them in books, and she was quite pleased to find that she knew the name of nearly everything there. "That's the judge," she said to herself, "because of his great wig."

The judge, by the way, was the King; and as he wore his crown over the wig, (look at the frontispiece if you want to see how he did it,) he did not look at all comfortable, and it was certainly not becoming.

"And that's the jury-box," thought Alice, "and those twelve creatures," (she was obliged to say "creatures," you see, because some of them were animals, and some were birds,) "I suppose they are the jurors." She said this last word two or three times over to herself, being rather proud of it: for she thought, and rightly too, that very few little girls of her age knew the meaning of it at all. However, "jurymen" would have done just as well.

The twelve jurors were all writing very busily on slates. "What are they doing?" Alice whispered to the Gryphon. "They can't have anything to put down yet, before the trial's begun."

"They're putting down their names," the Gryphon whispered in reply, "for fear they should forget them before the end of the trial."

"Stupid things!" Alice began in a loud indignant voice, but she stopped herself hastily, for the White Rabbit cried out, "Silence in

CAPÍTULO XI — ¿QUIÉN SE ROBÓ LAS TARTAS?

El Rey y la Reina de Corazones estaban sentados en su trono cuando ellos llegaron, con una gran multitud reunida a su alrededor... toda clase de pájaros y bestias, así como toda la baraja: la Sota estaba de pie ante ellos, encadenado, con un soldado a cada lado para custodiarlo, y cerca del Rey estaba el Conejo Blanco, con una trompeta en una mano y un rollo de pergamino en la otra. Justo en el centro de la corte había una mesa con un gran plato de tartas... tenían tan buen aspecto que Alicia sintió hambre al verlas. «¡Ojalá terminen el juicio y repartan refrigerios», pensó ella. Pero no parecía haber posibilidad de ello, así que se puso a mirar todo lo que estaba a su alrededor, para pasar el tiempo.

Alicia nunca había estado en un tribunal de justicia pero había leído sobre ellos en los libros y se alegró bastante al descubrir que conocía el nombre de casi todo lo que allí había. «Ése es el juez», se dijo, «por su gran peluca».

El juez, por cierto, era el Rey y, como llevaba la corona sobre la peluca (mira el frontispicio si quieres ver cómo lo hacía), no parecía nada cómodo y desde luego no le sentaba bien.

«Y ése es el estrado del jurado», pensó Alicia, «y esas doce criaturas» (se veía obligada a decir «criaturas», porque algunas de ellas eran animales y otras aves) «supongo que son los miembros del jurado». Dijo estas últimas palabras dos o tres veces para sí misma, sintiéndose bastante orgullosa, pues pensaba que muy pocas niñas de su edad entendían lo que pasaba. Sin embargo, «jurados» también habría estado bien.

Los doce miembros del jurado estaban todos escribiendo rápidamente en unas pizarras. «¿Qué están haciendo?», susurró Alicia al Grifo. «No pueden escribir todavía, hasta que empiece el juicio».

«Están anotando sus nombres, por miedo a que los olviden antes de que termine el juicio», susurró el Grifo en respuesta.

«¡Bobadas!», dijo Alicia en voz alta e indignada, pero se calló rápidamente, pues el Conejo Blanco gritó: «¡Silencio en la corte!», y el Rey

the court!" and the King put on his spectacles and looked anxiously round, to make out who was talking.

Alice could see, as well as if she were looking over their shoulders, that all the jurors were writing down "stupid things!" on their slates, and she could even make out that one of them didn't know how to spell "stupid," and that he had to ask his neighbour to tell him. "A nice muddle their slates'll be in before the trial's over!" thought Alice.

One of the jurors had a pencil that squeaked. This, of course, Alice could *not* stand, and she went round the court and got behind him, and very soon found an opportunity of taking it away. She did it so quickly that the poor little juror (it was Bill, the Lizard) could not make out at all what had become of it; so, after hunting all about for it, he was obliged to write with one finger for the rest of the day; and this was of very little use, as it left no mark on the slate.

"Herald, read the accusation!" said the King.

se puso las gafas y miró ansiosamente a su alrededor, para ver quién hablaba.

Alicia podía ver tan bien, como si estuviera mirando por encima de sus hombros, que todos los miembros del jurado estaban anotando «¡bobadas!» en sus pizarras, e incluso pudo distinguir que uno de ellos no sabía cómo se deletreaba «bobo», y tuvo que pedirle a su vecino que se lo dijera. «¡Que lio van a tener con sus pizarras antes de que acabe el juicio!», pensó Alicia.

Uno de los jurados tenía un lápiz que chirriaba. Claramente Alicia *no* podía soportarlo y dio la vuelta al tribunal, se puso detrás de él, y pronto encontró la oportunidad de quitárselo. Lo hizo tan deprisa que el pobrecito miembro del jurado (era Bill, el Lagarto) no supo qué se hizo; así que, después de buscarlo por todas partes, se vio obligado a escribir con un dedo durante el resto del día, y esto sirvió de muy poco, ya que no dejó marca alguna en la pizarra.

«¡Heraldo, lee la acusación!», dijo el Rey.

On this the White Rabbit blew three blasts on the trumpet, and then unrolled the parchment scroll, and read as follows:—

"The Queen of Hearts, she made some tarts,
All on a summer day:
The Knave of Hearts, he stole those tarts,
And took them, quite away!"

"Consider your verdict," the King said to the jury.

"Not yet, not yet!" the Rabbit hastily interrupted. "There's a great deal to come before that!"

"Call the first witness," said the King; and the White Rabbit blew three blasts on the trumpet, and called out, "First witness!"

The first witness was the Hatter. He came in with a teacup in one hand and a piece of bread-and-butter in the other. "I beg pardon, your Majesty," he began, "for bringing these in: but I hadn't quite finished my tea when I was sent for."

"You ought to have finished," said the King. "When did you begin?"

The Hatter looked at the March Hare, who had followed him into the court, arm-in-arm with the Dormouse.

"Fourteenth of March, I *think* it was," he said.

"Fifteenth," said the March Hare.

"Sixteenth," added the Dormouse.

"Write that down," the King said to the jury, and the jury eagerly wrote down all three dates on their slates, and then added them up, and reduced the answer to shillings and pence.

"Take off your hat," the King said to the Hatter.

"It isn't mine," said the Hatter.

En esto el Conejo Blanco tocó tres veces la trompeta y luego desenrolló el rollo de pergamino y leyó lo siguiente:

«La Reina de Corazones hizo unas tartas,
todo un día de verano...
la Sota de Corazones robó esas tartas
y se las llevó, ¡bastante lejos!».

«Consideren su veredicto», dijo el Rey al jurado.

«¡Todavía no, todavía no!», se apresuró a interrumpir el Conejo. «¡Hay mucho que hacer antes de eso!».

«Entonces llamen al primer testigo», dijo el Rey, y el Conejo Blanco tocó tres veces la trompeta y gritó: «¡Primer testigo!».

El primer testigo fue el Sombrerero. Entró con una taza de té en una mano y un trozo de pan con mantequilla en la otra. «Te pido perdón, su Majestad, por traer esto... pero no había terminado mi té cuando me llamaron», dijo.

«Debiste haberlo terminado», dijo el Rey. «¿Cuándo empezaste?».

El Sombrerero miró a la Liebre de Marzo, que le había seguido hasta la corte acompañado con el Lirón.

«*Creo* que desde el 14 de marzo», dijo él.

«15», dijo la Liebre de Marzo.

«16», añadió el Lirón.

«Anótenlo», dijo el Rey al jurado, y el jurado anotó con avidez las tres fechas en sus pizarras, y luego las sumó y redujo la respuesta a chelines y peniques.

«Quítate tu sombrero», le dijo el Rey al Sombrerero.

«No es mío», dijo el Sombrerero.

"*Stolen!*" the King exclaimed, turning to the jury, who instantly made a memorandum of the fact.

"I keep them to sell," the Hatter added as an explanation: "I've none of my own. I'm a hatter."

Here the Queen put on her spectacles, and began staring hard at the Hatter, who turned pale and fidgeted.

"Give your evidence," said the King; "and don't be nervous, or I'll have you executed on the spot."

This did not seem to encourage the witness at all: he kept shifting from one foot to the other, looking uneasily at the Queen, and in his confusion he bit a large piece out of his teacup instead of the bread-and-butter.

Just at this moment Alice felt a very curious sensation, which puzzled her a good deal until she made out what it was: she was beginning to grow larger again, and she thought at first she would get up and leave the court; but on second thoughts she decided to remain where she was as long as there was room for her.

"I wish you wouldn't squeeze so," said the Dormouse, who was sitting next to her. "I can hardly breathe."

"I can't help it," said Alice very meekly: "I'm growing." "You've no right to grow *here*," said the Dormouse.

"Don't talk nonsense," said Alice more boldly: "you know you're growing too."

"Yes, but *I* grow at a reasonable pace," said the Dormouse: "not in that ridiculous fashion." And he got up very sulkily and crossed over to the other side of the court.

All this time the Queen had never left off staring at the Hatter, and, just as the Dormouse crossed the court, she said to one of the officers of the court, "Bring me the list of the singers in the last concert!" on which the wretched Hatter trembled so, that he shook both his shoes

«*¡Robado!*», exclamó el Rey, mirando hacia el jurado, que al instante hizo un memorándum del hecho.

«Los guardo para venderlos», añadió el Sombrerero como explicación, «ninguno es mío, soy un sombrerero».

Aquí la Reina se puso las gafas y empezó a mirar fijamente al Sombrerero, que se puso pálido e inquieto.

«Presenta tus pruebas», dijo el Rey, «y no te pongas nervioso o haré que te ejecuten en el acto».

Esto no parecía alentar de ninguna manera al testigo... no dejaba de moverse de un pie a otro, mirando nerviosamente a la Reina, y en su confusión mordió un gran trozo de su taza de té en lugar del pan con mantequilla.

En ese momento Alicia sintió algo extraño que la desconcertó mucho y entonces se dio cuenta de lo que pasaba... ella estaba empezando a crecer de nuevo, al principio pensó en levantarse y abandonar la corte pero prefirió quedarse donde estaba mientras hubiera espacio para ella.

«Ojalá no apretaras tanto, casi no puedo respirar», dijo el Lirón, que estaba sentado a su lado.

«No puedo evitarlo», dijo Alicia... «estoy creciendo». «No tienes derecho a crecer *aquí*», respondió el Lirón.

«No digas tonterías», dijo Alicia con atrevimiento, «tú sabes que también estás creciendo».

«Sí, pero *yo* crezco a un ritmo razonable no de esa forma tan ridícula», dijo el Lirón. Y se levantó muy molesto y fue al otro lado de la corte.

Durante todo este tiempo, la Reina no paró de mirar al Sombrerero y, justo cuando el Lirón cruzó el patio, le dijo a uno de los oficiales de la corte: «¡Tráeme la lista de los cantantes del último concierto!», en ese momento el pobre Sombrerero tembló tanto que se le salieron

off.

"Give your evidence," the King repeated angrily, "or I'll have you executed, whether you're nervous or not."

"I'm a poor man, your Majesty," the Hatter began in a trembling voice, "and I hadn't begun my tea—not above a week or so—and what with the bread-and-butter getting so thin—and the twinkling of the tea——"

"The twinkling of *what?*" said the King.

"It *began* with the tea," the Hatter replied.

"Of course twinkling begins with a T!" said the King sharply. "Do you take me for a dunce? Go on!"

los dos zapatos.

«Presenta tus pruebas», repitió enfadado el Rey, «o haré que te ejecuten, estés nervioso o no».

«Soy un pobre hombre pobre, su Majestad», comenzó a decir el Sombrerero con voz temblorosa, «no he empezado a tomar el té... como en una semana... el pan con mantequilla se volvió tan delgado... y el brillo del té...».

«¿El brillo del qué?», dijo el Rey.

«Del té, el té empieza con la letra T...», respondió el Sombrerero.

«¡Por supuesto que empieza con la T!», dijo bruscamente el Rey. «¿Acaso me crees tonto? ¡Continúa!».

"I'm a poor man," the Hatter went on, "and most things twinkled after that—only the March Hare said——" "I didn't!" the March Hare interrupted in a great hurry.

"You did!" said the Hatter.

"I deny it!" said the March Hare.

"He denies it," said the King: "leave out that part."

"Well, at any rate, the Dormouse said—" the Hatter went on, looking anxiously round to see if he would deny it too: but the Dormouse denied nothing, being fast asleep.

"After that," continued the Hatter, "I cut some more breadand-butter——"

"But what did the Dormouse say?" one of the jury asked.

"That I can't remember," said the Hatter.

"You *must* remember," remarked the King, "or I'll have you executed."

The miserable Hatter dropped his teacup and bread-andbutter, and went down on one knee. "I'm a poor man, your Majesty," he began.

"You're a *very* poor *speaker*," said the King.

Here one of the guinea-pigs cheered, and was immediately suppressed by the officers of the court. (As that is rather a hard word, I will just explain to you how it was done. They had a large canvas bag, which tied up at the mouth with strings: into this they slipped the guinea-pig, head first, and then sat upon it.)

"I'm glad I've seen that done," thought Alice. "I've so often read in the newspapers, at the end of trials, 'There was some attempt at applause, which was immediately suppressed by the officers of the

«Soy un pobre hombre», dijo el Sombrerero, «y la mayoría de las cosas brillaban...», y entonces la Liebre de Marzo interrumpió apresuradamente, diciendo: «¡No es así!».

«¡Si es así!», dijo el Sombrerero.

«¡No es así!», dijo la Liebre de Marzo.

«Olvídenlo», dijo el Rey: «omitan esa parte».

«Como sea, dijo el Lirón...», y el Sombrerero miró ansiosamente a su alrededor, pero el Lirón no dijo nada pues se había quedado profundamente dormido.

«Después de eso, corté un poco de pan y mantequilla...», dijo el Sombrerero.

«¿Qué dijo el Lirón?», preguntó uno de los miembros del jurado.

«No lo recuerdo», dijo el Sombrerero.

«*Debes* de recordarlo», comentó el Rey, «o haré que te ejecuten».

El pobre Sombrerero dejó caer su taza de té y su pan con mantequilla y se arrodilló. «Soy un pobre hombre, su Majestad», empezó a decir.

«Tú eres *muy* malo para *hablar*», dijo el Rey.

Aquí uno de los conejillos de Indias aplaudió y fue inmediatamente reprimido por los oficiales de la corte. (Como es una palabra bastante dura, me limitaré a explicarles cómo se hizo. Tenían una gran bolsa de lona, que ataban en la boca con cuerdas... en ella deslizaban al conejillo de Indias, con la cabeza por delante y luego se sentaban sobre él).

«Me alegro de haber visto eso», pensó Alicia. «He leído tantas veces en los periódicos que al final de los juicios "hubo alguien que intentó aplaudir y fue inmediatamente reprimido por los oficiales del tribu-

court,' and I never understood what it meant till now."

"If that's all you know about it, you may stand down," continued the King.

"I can't go no lower," said the Hatter: "I'm on the floor, as it is."

"Then you may *sit* down," the King replied.

Here the other guinea-pig cheered, and was suppressed.

"Come, that finishes the guinea-pigs!" thought Alice. "Now we shall get on better."

"I'd rather finish my tea," said the Hatter, with an anxious look at the Queen, who was reading the list of singers.

"You may go," said the King, and the Hatter hurriedly left the court, without even waiting to put his shoes on.

nal", y nunca había entendido lo que significaba hasta ahora».

«Si eso es todo lo que sabes, puedes descender», continuó el Rey.

«Ya estoy en el suelo», dijo el Sombrerero, «no puedo ir más abajo».

«Entonces *siéntate*», respondió el Rey.

Otro conejillo de Indias aplaudió y fue reprimido.

«¡Bueno, se acabaron los conejillos de Indias, ahora será mejor!», pensó Alicia.

«Voy a terminar mi té», dijo el Sombrerero, mirando ansiosamente a la Reina mientras ella leía la lista de cantantes.

«Puedes irte», dijo el Rey, y el Sombrerero abandonó apresuradamente la corte, sin siquiera ponerse los zapatos.

"——and just take his head off outside," the Queen added to one of the officers; but the Hatter was out of sight before the officer could get to the door.

"Call the next witness!" said the King.

The next witness was the Duchess's cook. She carried the pepper-box in her hand, and Alice guessed who it was, even before she got into the court, by the way the people near the door began sneezing all at once.

"Give your evidence," said the King.

"Shan't," said the cook.

The King looked anxiously at the White Rabbit, who said in a low voice. "Your Majesty must cross-examine *this* witness."

"Well, if I must, I must," the King said with a melancholy air, and, after folding his arms and frowning at the cook till his eyes were nearly out of sight, he said in a deep voice, "What are tarts made of?"

"Pepper, mostly," said the cook.

"Treacle," said a sleepy voice behind her.

"Collar that Dormouse!" the Queen shrieked out. "Behead that Dormouse! Turn that Dormouse out of court! Suppress him! Pinch him! Off with his whiskers!"

For some minutes the whole court was in confusion, getting the Dormouse turned out, and, by the time they had settled down again, the cook had disappeared.

"Never mind!" said the King, with an air of great relief. "Call the next witness." And, he added in an under-tone to the Queen, "Really, my dear, *you* must cross-examine the next witness. It quite makes my forehead ache!"

«... y quítenle la cabeza», añadió la Reina a uno de los oficiales, pero el Sombrerero se perdió de vista antes de que el oficial pudiera llegar a la puerta.

«¡Llamen al siguiente testigo!», dijo el Rey.

El siguiente testigo era la cocinera de la Duquesa. Llevaba el pimentero en la mano y Alicia supo de quién se trataba incluso antes de que entrara al tribunal porque la gente que estaba cerca de la puerta empezó a estornudar.

«Presenta tus pruebas», dijo el Rey.

«No lo haré», dijo la cocinera.

El Rey miró ansiosamente al Conejo Blanco, quien dijo en voz baja. «Su Majestad debe interrogar a *este* testigo».

«Bueno, si debo hacerlo, debo hacerlo», dijo el Rey con aire melancólico y, luego de cruzarse de brazos y fruncir el ceño hacia la cocinera hasta casi perder de vista sus ojos, dijo con voz grave: «¿De qué están hechas las tartas?».

«Sobre todo, de pimienta», dijo la cocinera.

«Melaza», dijo una voz somnolienta detrás de ella.

«¡Cuelguen a ese Lirón!», gritó la Reina. «¡Decapiten a ese Lirón! ¡Saquen a ese Lirón de la corte! ¡Elimínenlo! ¡Pellízquenlo! ¡Afuera con sus bigotes!».

Durante algunos minutos toda la corte estuvo confusa, sacando al Lirón y, para cuando se calmaron de nuevo, la cocinera había desaparecido.

«¡No importa!», dijo el Rey, con aire de gran alivio. «Llamen al siguiente testigo». Y le dijo en voz baja a la Reina: «En realidad, querida, *tú* debes interrogar al siguiente testigo. A mí me da bastante dolor de cabeza».

Alice watched the White Rabbit as he fumbled over the list, feeling very curious to see what the next witness would be like, "—for they haven't got much evidence *yet*," she said to herself. Imagine her surprise, when the White Rabbit read out, at the top of his shrill little voice, the name "Alice!"

Alicia miraba al Conejo Blanco mientras éste revisaba la lista, tenía mucha curiosidad por ver cómo sería el siguiente testigo, «pues *aún* no tienen muchas pruebas», se dijo ella a sí misma. Imagina su sorpresa cuando el Conejo Blanco leyó en voz alta y con una vocecita chillona dijo el nombre de «¡Alicia!».

"Here!" cried Alice, quite forgetting in the flurry of the moment how large she had grown in the last few minutes, and she jumped up in such a hurry that she tipped over the jury-box with the edge of her skirt, upsetting all the jurymen on to the heads of the crowd below, and there they lay sprawling about, reminding her very much of a globe of gold-fish she had accidentally upset the week before.

"Oh, I *beg* your pardon!" she exclaimed in a tone of great dismay, and began picking them up again as quickly as she could, for the ac-cident of the gold-fish kept running in her head, and she had a vague

«¡Aquí!», gritó Alicia; olvidando en el ajetreo del momento lo mucho que había crecido en los últimos minutos se levantó con tanta prisa que volcó la caja del jurado con el borde de su falda, derribando a todos los miembros del jurado sobre las cabezas de la multitud que estaban abajo y allí quedaron desparramados, recordándole mucho a un grupo de peces dorados que había volcado accidentalmente la semana anterior.

«¡Oh, perdónenme!», exclamó ella con gran consternación y empezó a recogerlos tan rápido como pudo, porque el accidente de los peces dorados seguía dándole vueltas en su cabeza y tenía la vaga

sort of idea that they must be collected at once and put back into the jury-box, or they would die.

"The trial cannot proceed," said the King in a very grave voice, "until all the jurymen are back in their proper places —*all*," he repeated with great emphasis, looking hard at Alice as he said so.

Alice looked at the jury-box, and saw that, in her haste, she had put the Lizard in head downwards, and the poor little thing was waving its tail about in a melancholy way, being quite unable to move. She soon got it out again, and put it right; "not that it signifies much," she said to herself; "I should think it would be *quite* as much use in the trial one way up as the other."

As soon as the jury had a little recovered from the shock of being upset, and their slates and pencils had been found and handed back to them, they set to work very diligently to write out a history of the accident, all except the Lizard, who seemed too much overcome to do anything but sit with its mouth open, gazing up into the roof of the court.

"What do you know about this business?" the King said to Alice.

"Nothing," said Alice.

"Nothing *whatever?*" persisted the King.

"Nothing whatever," said Alice.

"That's very important," the King said, turning to the jury. They were just beginning to write this down on their slates, when the White Rabbit interrupted: "*Un*important, your Majesty means, of course," he said in a very respectful tone, but frowning and making faces at him as he spoke.

"*Un*important, of course, I meant," the King hastily said, and went on to himself in an undertone, "important— unimportant—unimportant—important——" as if he were trying which word sounded best.

idea de que había que recogerlos de inmediato y devolverlos a la caja del jurado o morirían.

«El juicio no puede continuar», dijo el Rey con voz muy grave, «hasta que todos los miembros del jurado estén de vuelta en sus lugares... *todos*», repitió con gran énfasis, mirando fijamente a Alicia mientras lo decía.

Alicia miró la caja del jurado y vio que con la prisa había metido al lagarto boca abajo y la pobre criaturita movía su cola de modo melancólico sin poder acomodarse. Pronto lo sacó de nuevo y lo puso en su sitio: «no es que importe mucho», se dijo a sí misma, «creo que sería *igual* de útil en el juicio de una forma que de la otra».

Tan pronto el jurado se recuperó un poco de la conmoción que les produjo el incidente se les devolvieron sus pizarras y lápices y se pusieron a trabajar diligentemente para redactar la historia del accidente, excepto el Lagarto, que parecía demasiado abrumado como para hacer otra cosa que sentarse con la boca abierta, mirando hacia el techo del tribunal.

«¿Qué sabes de este asunto?», le dijo el Rey a Alicia.

«Nada», dijo Alicia.

«¿Nada *en absoluto?*», insistió el Rey.

«Nada en absoluto», dijo Alicia.

«Eso es muy importante», dijo el Rey, dirigiéndose al jurado. Estaban empezando a escribir esto en sus pizarras cuando el Conejo Blanco interrumpió y dijo en un tono respetuoso: «Su majestad querrá decir, *no* importante», mientras fruncía el ceño y hacia muecas mientras hablaba.

«*No* importante, por supuesto, eso quise decir», se apresuró a decir el Rey, y continuó en voz baja: «importante... no importante... no importante... importante...», como si estuviera probando qué palabras sonaban mejor.

Some of the jury wrote it down "important," and some "unimportant." Alice could see this, as she was near enough to look over their slates; "but it doesn't matter a bit," she thought to herself.

At this moment the King, who had been for some time busily writing in his note-book, called out "Silence!" and read out from his book, "Rule Forty-two. *All persons more than a mile high to leave the court.*" Everybody looked at Alice.

"*I'm* not a mile high," said Alice.

"You are," said the King.

"Nearly two miles high," added the Queen.

"Well, I shan't go, at any rate," said Alice; "besides, that's not a regular rule: you invented it just now."

"It's the oldest rule in the book," said the King.

"Then it ought to be Number One," said Alice. The King turned pale, and shut his notebook hastily.

"Consider your verdict," he said to the jury, in a low trembling voice.

"There's more evidence to come yet, please your Majesty," said the White Rabbit, jumping up in a great hurry; "this paper has just been picked up."

"What's in it?" said the Queen.

"I haven't opened it yet," said the White Rabbit, "but it seems to be a letter, written by the prisoner to—to somebody."

"It must have been that," said the King, "unless it was written to nobody, which isn't usual, you know."

"Who is it directed to?" said one of the jurymen.

Algunos miembros del jurado escribieron «importante» y otros «no importante». Alicia pudo darse cuenta ya que estaba bastante cerca y pudo mirar por encima de sus pizarras; «no importa en lo más mínimo», pensó para sí misma.

En ese momento el Rey, que llevaba un rato escribiendo en su cuaderno de notas, gritó «¡Silencio!», y leyó en su libro: «Regla Cuarenta y dos. *Todas las personas de más de una milla de altura deben abandonar la corte*». Todo el mundo miró a Alicia.

«*Yo* no tengo una milla de altura», dijo Alicia.

«Claro que si», dijo el Rey.

«Casi dos millas de altura», añadió la Reina.

«Bueno, en cualquier caso no me iré», dijo Alicia; «además, esa no es una regla normal... Te la acabas de inventar».

«Es la regla más antigua del libro», dijo el Rey.

«Entonces debería ser la Número Uno», dijo Alicia. El Rey se puso pálido y cerró precipitadamente su cuaderno.

«Consideren su veredicto», dijo al jurado, en voz baja y temblorosa.

«Todavía hay más pruebas, su Majestad», dijo el Conejo Blanco, saltando con gran prisa, «este papel acaba de ser recogido».

«¿Qué contiene?», dijo la Reina.

«Aún no lo he abierto», dijo el Conejo Blanco, «pero parece ser una carta escrita por el prisionero a... a alguien».

«Debió de ser así», dijo el Rey, «a menos que no se la escribiera a nadie, lo que no es común, ¿me entiendes?».

«¿A quién va dirigida?», dijo uno de los miembros del jurado.

"It isn't directed at all," said the White Rabbit; "in fact, there's nothing written on the *outside*." He unfolded the paper as he spoke, and added, "It isn't a letter after all: it's a set of verses."

"Are they in the prisoner's handwriting?" asked another of the jurymen.

"No, they're not," said the White Rabbit, "and that's the queerest thing about it." (The jury all looked puzzled.)

"He must have imitated somebody else's hand," said the King. (The jury all brightened up again.)

"Please your Majesty," said the Knave, "I didn't write it, and they can't prove I did: there's no name signed at the end."

"If you didn't sign it," said the King, "that only makes the matter worse. You *must* have meant some mischief, or else you'd have signed your name like an honest man."

There was a general clapping of hands at this: it was the first really clever thing the King had said that day.

"That *proves* his guilt," said the Queen.

"It proves nothing of the sort!" said Alice. "Why, you don't even know what they're about!"

"Read them," said the King.

The White Rabbit put on his spectacles. "Where shall I begin, please your Majesty?" he asked.

"Begin at the beginning," the King said, gravely, "and go on till you come to the end: then stop."

These were the verses the White Rabbit read:—

«No está dirigida a nadie, de hecho... no hay nada escrito en el *exterior*», dijo el Conejo Blanco. Desplegó el papel y mientras hablaba añadió: «Después de todo, no es una carta... es una estrofa de versos».

«¿Son de puño y letra del prisionero?», preguntó otro de los miembros del jurado.

«No, no lo son. Y eso es lo más extraño de todo», dijo el Conejo Blanco. (Todos los miembros del jurado pusieron cara de perplejidad).

«Habrá imitado la escritura de alguien más», dijo el Rey. (Todos los miembros del jurado volvieron a animarse).

«Por favor, su Majestad, yo no lo escribí y no pueden probar que lo hice... no hay ningún nombre firmado al final», dijo la Sota.

«Si no lo firmaste, eso sólo empeora las cosas», dijo el Rey. «*Debes* haber querido hacer alguna travesura, o de lo contrario habrías firmado con tu nombre como lo hace un hombre honesto».

Hubo un aplauso general ante esto... era la primera cosa realmente inteligente que el Rey había dicho ese día.

«Eso *prueba* tu culpabilidad», dijo la Reina.

«¡No prueba nada!», dijo Alicia. «¡Ustedes ni siquiera saben lo que hacen!».

«Lean los versos», dijo el Rey.

El Conejo Blanco se puso las gafas y preguntó: «¿Por dónde empiezo, su Majestad?».

«Comienza por el principio», dijo el Rey «y continúa hasta llegar al final... luego detente».

Estos fueron los versos que leyó el Conejo Blanco:

> *"They told me you had been to her,*
> *And mentioned me to him:*
> *She gave me a good character,*
> *But said I could not swim.*
>
> *He sent them word I had not gone*
> *(We know it to be true):*
> *If she should push the matter on,*
> *What would become of you?*
>
> *I gave her one, they gave him two,*
> *You gave us three or more;*
> *They all returned from him to you,*
> *Though they were mine before.*
>
> *If I or she should chance to be*
> *Involved in this affair,*
> *He trusts to you to set them free,*
> *Exactly as we were.*
>
> *My notion was that you had been*
> *(Before she had this fit)*
> *An obstacle that came between*
> *Him, and ourselves, and it.*
>
> *Don't let him know she liked them best,*
> *For this must ever be*
> *A secret, kept from all the rest,*
> *Between yourself and me."*

"That's the most important piece of evidence we've heard yet," said the King, rubbing his hands; "so now let the jury——

"If any one of them can explain it," said Alice, (she had grown so large in the last few minutes that she wasn't a bit afraid of interrupting him,) "I'll give him sixpence. *I* don't believe there's an atom of meaning in it."

The jury all wrote down on their slates, "*She* doesn't believe there's an atom of meaning in it," but none of them attempted to explain the

«Me dijeron que habías estado en lo de ella,
*   y le hablaste de mí...*
ella dio una buena opinión sobre mí,
*   pero dijo que no sabía nadar.*

Les hizo saber que yo no había ido
*   (sabemos que es cierto)...*
si ella insistiera en el asunto,
*   ¿qué sería de ti?*

Yo le di una, ellos le dieron dos,
*   tú nos diste tres o más;*
todas volvieron de él a ti,
*   aunque antes eran mías.*

Si por casualidad te ves
*   involucrado en este asunto,*
confía en ti para liberarlos,
*   exactamente como lo haríamos nosotros.*

Mi idea era que tú fueras
*   (antes de que ella tenga este ataque)*
un obstáculo que se interpuso
*   entre él, nosotros y yo.*

Que no sepa que le gustabas más.
*   Porque esto debe ser siempre*
un secreto, oculto a todos los demás,
*   entre tú y yo».*

«Esa es la evidencia más importante que hemos oído hasta ahora», dijo el Rey frotándose las manos, «así que ahora dejemos al jurado...».

«Si alguno de ellos puede explicarlo», dijo Alicia (había crecido tanto en los últimos minutos que no le asustaba interrumpirlo), «apuesto seis peniques. *Yo* no creo que haya ni pizca de sentido en todo eso».

Todos los miembros del jurado anotaron en sus pizarras: «*Ella* no cree que haya ni una pizca de sentido en todo eso», pero ninguno de

paper.

"If there's no meaning in it," said the King, "that saves a world of trouble, you know, as we needn't try to find any. And yet I don't know," he went on, spreading out the verses on his knee, and looking at them with one eye; "I seem to see some meaning in them, after all. '—*said I could not swim—*' you can't swim, can you?" he added, turning to the Knave.

ellos intentó explicar el papel.

«Bueno si nada de eso tiene sentido, nos ahorramos muchos problemas, y no tendremos que entenderlo», dijo el Rey. «Pero, no lo sé, *me parece ver que no sabes nadar,* ¿cierto?», añadió el Rey mientras extendía los versos sobre su rodilla y los miraba con un ojo y a la vez se dirigía a la Sota.

The Knave shook his head sadly. "Do I look like it?" he said. (Which he certainly did not, being made entirely of cardboard.)

"All right, so far," said the King, and he went on muttering over the verses to himself: "'*We know it to be true—*' that's the jury, of course— '*I gave her one, they gave him two—*' why, that must be what he did with the tarts, you know—"

"But it goes on '*they all returned from him to you,*'" said Alice.

"Why, there they are!" said the King triumphantly, pointing to the tarts on the table. "Nothing can be clearer than *that*. Then again—'*before she had this fit—*' you never had fits, my dear, I think?" he said to the Queen.

"Never!" said the Queen furiously, throwing an inkstand at the Lizard as she spoke. (The unfortunate little Bill had left off writing on his slate with one finger as he found it made no mark; but he now hastily began again, using the ink, that was trickling down his face, as long as it lasted.)

"Then the words don't *fit* you," said the King, looking round the court with a smile. There was a dead silence.

"It's a pun!" the King added in an angry tone, and everybody laughed. "Let the jury consider their verdict," the King said, for about the twentieth time that day.

"No, no!" said the Queen. "Sentence first—verdict afterwards."

"Stuff and nonsense!" said Alice loudly. "The idea of having the sentence first!"

"Hold your tongue!" said the Queen, turning purple.

"I won't!" said Alice.

"Off with her head!" the Queen shouted at the top of her voice. Nobody moved.

La Sota sacudió la cabeza con tristeza y dijo: «¿Acaso parece así?». (Cosa que ciertamente no era el caso, pues estaba hecho completamente de cartón).

«Hasta aquí, todo bien», dijo el Rey, y siguió murmurando los versos para sí mismos... «*Sabemos que es verdad...* ese es el jurado, claro. *Yo le di una, ellos te dieron dos...* y eso debe ser lo que pasó con la tarta, ¿saben?».

«Pero si *"todas volvieron a ti"*», dijo Alicia.

«¡Claro, y ellas están ahí!», dijo el Rey con ánimo de triunfador mientras apuntaba las tartas en la mesa. «Nada más claro que *eso*. Y de nuevo... *"antes de que ella tenga este ataque"*», el Rey le dijo a la Reina, «¿nunca tuviste ataques, cierto querida?».

«Nunca», dijo la Reina muy enojada, lanzando el tintero al Lagarto mientras hablada. (El pobre Bill dejó de escribir en su pizarra con el dedo cuando se dio cuenta que no dejaba marca, pero el empezó otra vez, usando la tinta que goteaba de su rostro mientras durara).

«Entonces las palabras no *te dan un ataque*», dijo el Rey, mirando alrededor de la corte con una sonrisa. Y hubo un silencio sepulcral.

«¡Es todo un juego de palabras!», añadió el Rey en tono molesto, y todo el mundo se echó a reír. «Dejemos que el jurado dé su veredicto», dijo el Rey, como por la vigésima vez en el día.

«¡No, no!», dijo la Reina. «Sentencia primero... veredicto después».

«¡Tonterías!», dijo Alicia en voz alta. «¡Primero se debe tener el veredicto!».

«¡Cállate!», dijo la Reina poniéndose morada.

«¡No lo haré!», dijo Alicia.

«¡Que le corten la cabeza!», gritó la Reina con todas sus fuerzas. Nadie se movió.

"Who cares for you?" said Alice, (she had grown to her full size by this time.) "You're nothing but a pack of cards!"

At this the whole pack rose up into the air, and came flying down upon her; she gave a little scream, half of fright and half of anger, and tried to beat them off, and found herself lying on the bank, with her head in the lap of her sister, who was gently brushing away some dead leaves that had fluttered down from the trees upon her face.

«¿A quién le importas?», dijo Alicia, (para entonces ya había alcanzado su tamaño natural). «¡No son más que una baraja de cartas!».

Al oír esto, todas las cartas se elevaron en el aire y volaron sobre ella; ella sintió entre miedo y rabia, e intentó apartarlas. Cuando se dio cuenta se encontraba acostada en la orilla, con la cabeza en el regazo de su hermana, que le estaba quitando suavemente unas hojas muertas que habían caído de los árboles sobre su cara.

"Wake up, Alice dear!" said her sister; "why, what a long sleep you've had!"

"Oh, I've had such a curious dream!" said Alice, and she told her sister, as well as she could remember them, all these strange Adventures of hers that you have just been reading about; and when she had finished, her sister kissed her, and said, "It *was* a curious dream, dear, certainly: but now run in to your tea; it's getting late." So Alice got up and ran off, thinking while she ran, as well she might, what a wonderful dream it had been.

———

But her sister sat still just as she left her, leaning her head on her hand, watching the setting sun, and thinking of little Alice and all her wonderful Adventures, till she too began dreaming after a fashion, and this was her dream:—

First, she dreamed of little Alice herself, and once again the tiny hands were clasped upon her knee, and the bright eager eyes were looking up into hers—she could hear the very tones of her voice, and see that queer little toss of her head to keep back the wandering hair that *would* always get into her eyes—and still as she listened, or seemed to listen, the whole place around her became alive with the strange creatures of her little sister's dream.

The long grass rustled at her feet as the White Rabbit hurried by—the frightened Mouse splashed his way through the neighbouring pool—she could hear the rattle of the teacups as the March Hare and his friends shared their never-ending meal, and the shrill voice of the Queen ordering off her unfortunate guests to execution—once more the pig-baby was sneezing on the Duchess' knee, while plates and dishes crashed around it—once more the shriek of the Gryphon, the squeaking of the Lizard's slatepencil, and the choking of the suppressed guinea-pigs, filled the air, mixed up with the distant sob of the miserable Mock Turtle.

So she sat on, with closed eyes, and half believed herself in Wonderland, though she knew she had but to open them again and all

«¡Despierta Alicia, qué largo sueño has tenido!», dijo su hermana.

«¡Tuve un sueño tan curioso!», dijo Alicia, y le contó a su hermana lo que podía recordar. Todas las extrañas aventuras que tú acabas de leer; y cuando terminó su hermana le dio un beso y le dijo: «Honestamente *fue* un sueño curioso querida, pero ahora ve a tomar el té; se está haciendo tarde». Así que Alicia se levantó y se fue pensando, mientras corría, en lo maravilloso que había sido el sueño.

———

Su hermana se quedó sentada tal como la dejó, apoyando su cabeza en la mano, observando la puesta de sol y pensando en la pequeña Alicia y en todas sus maravillosas aventuras, hasta que de algún modo ella también empezó a soñar, y éste fue su sueño:

Primero soñó con la pequeña Alicia, luego con las diminutas manos que estaban entrelazadas de nuevo sobre su rodilla, y unos brillantes ojos ansiosos que miraban hacia los suyos... podía oír los tonos mismos de su voz y ver ese extraño movimiento de su cabeza para apartar el cabello suelto que siempre se le *metía* en los ojos... mientras escuchaba, o creía escuchar, todo el lugar a su alrededor cobraba vida con las extrañas criaturas del sueño de su hermana pequeña.

La larga hierba crujía a sus pies cuando el Conejo Blanco pasaba a toda prisa... el asustado Ratón chapoteaba en el estanque vecino... podía oír el tin tin de las tazas de té mientras la Liebre de Marzo y sus amigos compartían su interminable comida, y la voz chillona de la Reina ordenando la ejecución de sus desafortunados invitados... una vez más, el cerdito-bebé estornudaba sobre las rodillas de la Duquesa, mientras platos y vajilla chocaban a su alrededor... una vez más el chillido del Grifo, el chirrido de la pizarra del Lagarto y el ahogo de los conejillos de Indias reprimidos llenaban el aire, mezclados con el lejano sollozo de la miserable Tortuga Falsa.

Ella continuó sentada con los ojos cerrados y a medias creyó estar en el País de las Maravillas, aunque sabía que sólo tenía que abrirlos

would change to dull reality—the grass would be only rustling in the wind, and the pool rippling to the waving of the reeds—the rattling teacups would change to tinkling sheep-bells, and the Queen's shrill cries to the voice of the shepherd boy—and the sneeze of the baby, the shriek of the Gryphon, and all the other queer noises, would change (she knew) to the confused clamour of the busy farm-yard—while the lowing of the cattle in the distance would take the place of the Mock Turtle's heavy sobs.

Lastly, she pictured to herself how this same little sister of hers would, in the after-time, be herself a grown woman; and how she would keep, through all her riper years, the simple and loving heart of her childhood: and how she would gather about her other little children, and make *their* eyes bright and eager with many a strange tale, perhaps even with the dream of Wonderland of long-ago: and how she would feel with all their simple sorrows, and find a pleasure in all their simple joys, remembering her own child-life, and the happy summer days.

THE END

de nuevo y todo cambiaría a la aburrida realidad... la hierba sólo era un susurro al viento, y el charco ondulante el agitar de los juncos... el tin tin de las tazas de té cambiaría por las campanillas de una oveja y los estridentes gritos de la Reina por la voz de un pastorcillo... y el estornudo del bebé, el chillido del Grifo y todos los demás ruidos extraños cambiarían (ella lo sabía) por el confuso clamor del ajetreado patio de la granja... mientras el mugido del ganado a lo lejos ocuparía el lugar de los pesados sollozos de la Tortuga Falsa.

Por último, se imaginó cómo su hermanita se convertiría en una mujer adulta y cómo conservaría a lo largo de sus años de madurez, el corazón sencillo y cariñoso de su infancia. Cómo se reuniría con sus otros hijitos y haría que *sus* ojos brillaran y se llenaran de entusiasmo con extraños cuentos, tal vez incluso con el sueño del País de las Maravillas de antaño... y cómo se sentiría con todas sus sencillas penas y encontraría placer en todas sus sencillas alegrías, recordando su vida de niña y los felices días de verano.

FIN

CLÁSICOS EN ESPAÑOL

Esperamos que haya disfrutado esta lectura. ¿Quiere leer otra obra de nuestra colección de *Clásicos en español*?

En nuestro Club del Libro encontrarás artículos relacionados con los libros que publicamos y la literatura en general. ¡Suscríbete en nuestra página web y te ofrecemos un ebook gratis por mes!

Recibe tu copia totalmente gratuita de nuestro *Club del libro* en rosettaedu.com/pages/club-del-libro

ROSETTA EDU

CLÁSICOS EN ESPAÑOL

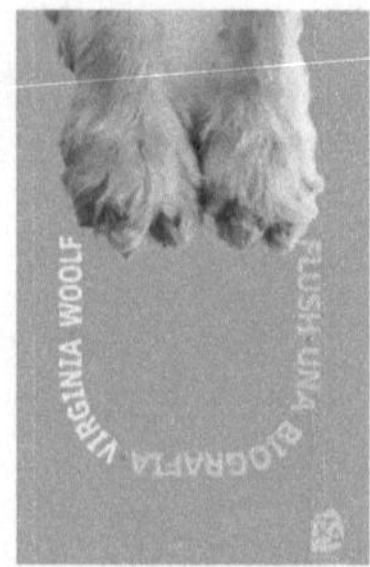

Flush: una biografía, escrito por Virginia Woolf, ofrece un relato imaginativo, basado en hechos reales, de la vida de un perro que se convirtió en una figura de la literatura inglesa. La prosa lúdica y lírica de Woolf capta la vida de Flush, un perro spaniel, desde su mimada estancia en la casa londinense de Elizabeth Barrett Browning, pasando por un audaz rescate, hasta su vejez en Italia.

Charles Dickens da, con su *Cuento de Navidad*, forma a nuestras ideas sobre esa festividad hasta nuestros días. La historia se centra en un solitario avaro, Ebenezer Scrooge, al que una serie de visitantes fantasmales le enseñan el verdadero significado de la Navidad y le dan una segunda oportunidad. Una historia plagada de ternura y redención humana.

El Príncipe Feliz y otros cuentos fue publicado por Oscar Wilde en 1888 y no ha perdido su atracción hasta nuestros días, combinando a la perfección el estilo de los cuentos de hadas con un trasfondo gótico y trágico. Su cuento más célebre le da nombre al libro: en «El Príncipe Feliz» la estatua dorada de un príncipe, desde su alto pedestal, observa el sufrimiento y la pobreza de su ciudad.

rosettaedu.com

ROSETTA EDU